福 寛美

夜の海、永劫の海

新典社新書
56

目　次

はじめに

わたしの耳は貝のから
海のひびきをなつかしむ

ジャン・コクトー　堀口大學訳『月下の一群』[1]

この詩は耳を貝殻に見たてた面白さと、人間が持つ海への郷愁を表現しています。
また、上田敏《うえだびん》の訳詩集、『海潮音《かいちょうおん》』[2]には海への憧れを表現したテオドル・オオバネルの詩、「海のあなたの」が収録されています。

海のあなたの遙けき国へ
いつも夢路の波枕、
波の枕のなくなくぞ、

久高島の海

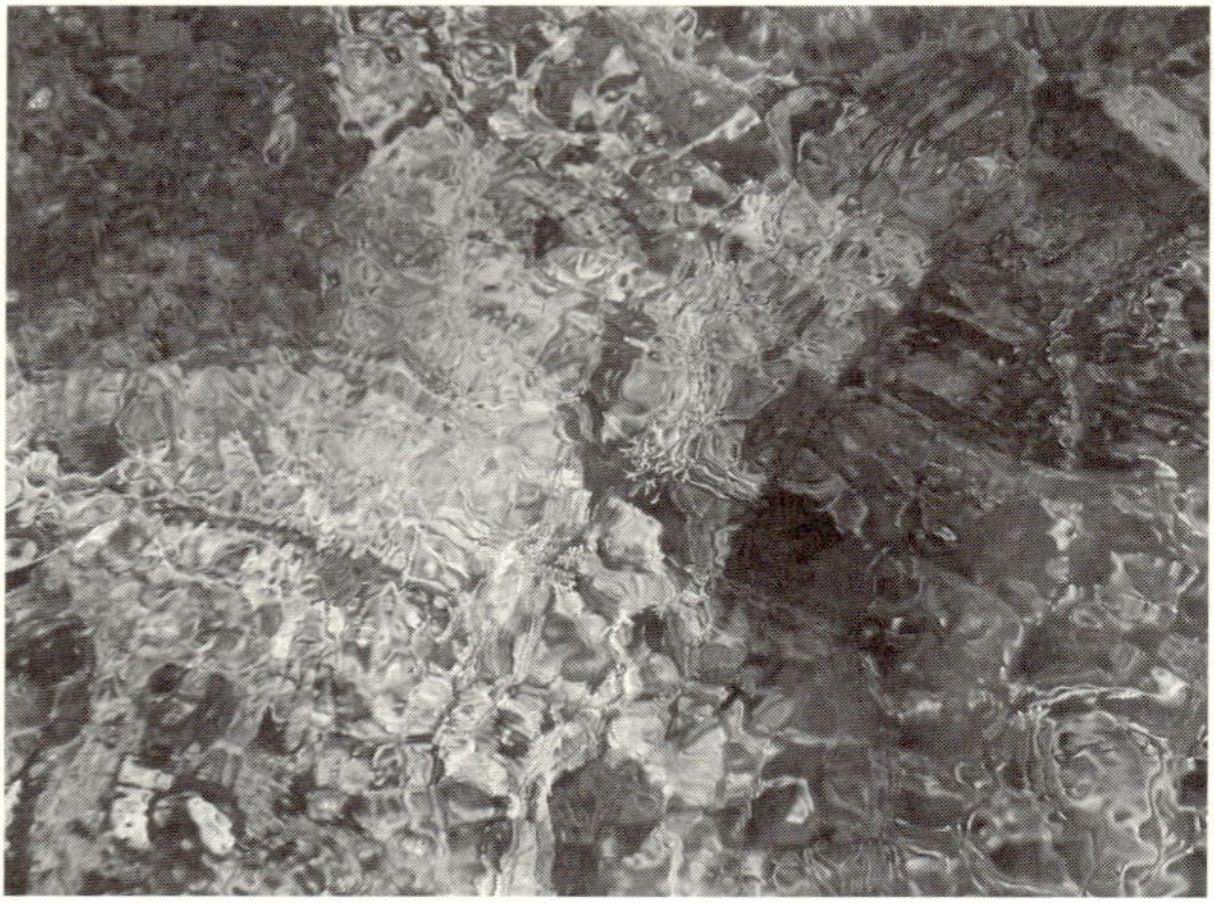

宮古島の珊瑚礁

こがれ憧れわたるかな、
海のあなたの遙けき国へ。

『海潮音』には他に、藍《あい》色を湛えた静かな海の珊瑚礁《さんごしょう》の上から波を見ると、海は黄金、真珠、青玉の色を揺曳《ようえい》する、という詩も収録されています。その詩は「珊瑚礁」という題で、作者はホセ・マリヤ・デ・エレディヤです。[2]

一方、海はひとたび悪天候になると船と乗員に牙をむきます。かつて船にエンジンがついていなかった時代、風を待ち万全を期して出帆したはずの船が荒天によって転覆し、船も積み荷も乗員も海の藻屑《もくず》になった、という事例は無数にありました。南西諸島の宮古島出身の歌人の伊良部喜代子氏は、次のような歌を作っています。[3]

海底《うなぞこ》に消えゆきしもの数知れず海はまことに大いなる墓場

また、伝聞推定の噂話《うわさばなし》と事実をきちんと分けることのなかった時代、海の彼方には『旧約聖書』で天地創造の五日目に神が創りだした巨大で凶暴な生き物、レヴィアタンのような怪物がいる、とされていました。国立歴史民俗博物館所蔵の十六世紀のミュンスターのアジア図のインドの南にあたる海には巨大魚が描かれています。また、一五七五年のオルテリウスのアジア図の日本列島にあたる島々の東のアメリカ近海と思われる場所には二本の潮を吹き、帆船を襲う巨大な鯨らしき生き物が描かれています。そしてその近辺には手鏡や櫛を手に身だしなみを整えるのに余念の無い女性の人魚が二体、描かれています。[4]

これらの大航海時代の地図は、海が他国への通路であると共に人間にとって未知の領域であり、いつ巨大魚や怪物に襲われるかもしれない、そしていつ人間と似て非なる女怪に誘惑されるかもしれない世界であることを意味しています。

本著では、現実の世界でありながら別世界でもある、と捉えられてきた海の暗い側面、すなわち、夜の海、そして死者の海でもある時の止まった永劫《えいごう》の海に焦点をあて、海のイメージを神話や民俗、そして宮沢賢治の『銀河鉄道の夜』などから抽出してみたいと思います。

ヒルコ

『古事記』と『日本書紀』第四段の一書《あるふみ》の一によると、ヒルコは日本神話の男女ペアの原夫婦であるイザナキ、イザナミが生んだ最初の子です。[5]『日本書紀』の一書《あるふみ》とは、書紀本文の異伝を紹介した長文の注のことです。イザナキ、イザナミ以前にも神話では神々が誕生していますが、この二神は神話の中で初めて性交し、国土や神々を生みだしました。そのため、この二神は日本神話の原夫婦と言うことができます。

ヒルコはオノゴロシマで誕生しました。オノゴロシマとはイザナキとイザナミが天の浮橋から宝の矛であるアメノヌボコを下界の海に降ろし、海水をコオロコオロと音を立てて混ぜて引き上げたところ、矛の先から滴り落ちた海水が固まってできた最初の陸地です。

イザナキとイザナミはオノゴロシマに降り立ち、性交をして子を生みますが、最初に生まれたヒルコとアハシマ（淡島）は不完全な子であり、子の数にはいれられませんでした。『古事記』と『日本書紀』第四段一書一によると、ヒルコは葦船に乗せられ、流されます。

恵比寿駅前の恵比寿像

浅草寺域内の淡島堂

イザナキとイザナミは完全な子を生む方法について天の神に相談し、神の占いの結果をうけ、その指示に従います。やがて二神からゆるぎない国土と神々が次々に生み出されていくことになります。

上代神話において海に流し去られたヒルコは、中世以降、福の神のエビス（恵比寿）の前身とみなされ、庶民の信仰を集めることになります。また、アハシマ（淡島）も後世、女性の生理に結びついた神として信仰されるようになります。上代神話において顧みられなかった神々は中世以降に復権し、庶民の信仰世界において新たな命を得ました。その過程は大変興味深いのですが、本書では触れません。

ヒルコは『日本書紀』第五段本文ではイザナキとイザナミによってオホヒルメノムチ（アマテラス）、ツクヨミ（月の神）に次いで生み出されます。しかし、三歳になっても脚が立たなかったため、アマノイハクスブネ（天磐櫲樟船）に乗せて風のままに放ちすてられました。『日本書紀』本文ではヒルコの次にスサノヲが誕生します。

船は神話において、次元の違う世界を結ぶ役割を果たします。『日本書紀』の神武《じんむ》天皇即位前紀には、アマテラスの直系の子孫である天孫《てんそん》の降臨以前、天から降臨したニギハヤヒという神がいたことを記します。ニギハヤヒの末裔の長髄彦《ながすねびこ》は、祖先神の降臨の状況を語る際に、「むかし、天神《あまつかみ》の御子ましまして、天磐船《あまのいはふね》に乗りて、天《あめ》より降《くだ》りいでませり」と言います。また、大伴家持《おほとものやかもち》は『万葉集』の巻十九‐四二五四で「蜻蛉島《あきづしま》　大和《やまと》の国《くに》を　天雲《あまくも》に　磐船浮《いはふねうか》べ　艫《とも》に舳《へ》に　真櫂《まかい》しじ貫《ぬ》き　い漕《こ》ぎつつ　国《くに》見《み》しせして　天降《あも》りまし（蜻蛉島大和の国、この国を、天雲に磐船を浮かべ、艫にも舳にも櫂をびっしり取り付けて、漕ぎながら国見をされて、天降って）」と歌っています。[6] 皇室の祖先神が天雲に

帆船

岩船を浮かべ、漕ぎながら国見をして降臨した、というのです。これらの記述から、岩船は神が天界から地上へ移動する時の乗り物であることを意味しています。

葦船、あるいはアマノイハクスブネもオノゴロシマから海路の彼方の次元の違う世界へヒルコを運ぶと考えられます。

ヒルコの名は記紀ともに蛭《ひる》の字を使用しています。この表記はヒルコが環形動物の蛭同様であることも示しています。「三歳になっても脚が立たなかった」という神話の語りはヒルコが人の子のように立てなかったことを意味します。それでは、ヒルコとは一体何者なのでしょうか。

『時代別国語大辞典　上代編』や現在刊行されている『日本書紀』の注釈には沖縄や奄美で不具の子のことをビールー・ビルと呼ぶ、とあります。琉球の古辞書で一七一一年に編集された『混効験集《こんこうげんしゅう》』の「びる」の項に、「童《わらべ》のひさしく足立たざるをいう」、とあります。そして『沖縄古語大辞典』には「びる（蛭）虚弱な者。身体に障害のあるもの。蛭が原意で、日本神話にみられる蛭子と重なる語であろう。（中略）伊波《いは》本注に「今はビーラーと云ひ、虚弱の義に用ゐる。柔き物にはビーレーと云ふ」とあります。[8]ビーラーは「びるーあ（ビルなる者）」とあります。南西諸島の方言に脚が立たない不具の子、という意味でのビルという語があり、蛭子のヒルに通じることがこれらの辞書からわかります。

土橋寛《つちはしゆたか》氏は『日本語に探る古代信仰』で神の名の核となる言葉として「ヒ（甲類）」「チ」「ニ」「タマ」を抽出します。[9]この「ヒ（甲類）」の甲類とは、上代特殊仮名遣いの甲類を意味します。上代特殊仮名遣いとは上代の万葉仮名に用いられた表音的な仮名遣いで、キ・ヒ・ミ・ケ・ヘ・メ・コ・ソ・ト・ノ・（モ）・ヨ・ロが甲類と乙類に書き分けられています。この書き分けは発音の違いを表現している、と考えられていますが、実際の発音がどのようなものだったかは、わかりません。

土橋氏は神名の核が霊力であることを明らかにしました。そしてタカミムスヒなどの神名のヒに関わる語としてヒル（神名、動詞、名詞）、ヒヒル（名詞、動詞）、ヒレ（ヒルの名詞形）、ヒラ（ヒルの名詞形）をあげます。

氏は「ヒル」について、神代紀にアマテラスの別名としてのヒルメがあることを指摘します。そして十一〜十二世紀頃に日本で成立した漢字を引くための辞書、『類聚名《るいじゅうみょう》義《ぎ》抄《しょう》』で「映暎」をカゝヤク・ヒルと訓《くん》じていることも指摘します。そして蒜《のびる》・葱《ねぎ》・ラッキョウがヒルと呼ばれるのは少しの風にも葉がヒラヒラと揺れ動くからである、と述べています。そして、動物の蛭や水蛭《ひる》の類は体をヒラヒラと波打たせ匍匐《ほふく》する形状によってヒルと呼んだ、としています。ヒルは土橋氏によると輝くものであり、ヒラヒラする動態をとるものです。

　また土橋氏は九〇〇年前後に成立したとされる漢和辞典の『新撰《しんせん》字《じ》鏡《きょう》』や九三〇年頃に成立したとされる辞書の『倭《わ》名類聚抄《みょうるいじゅうしょう》』では

沖縄の蝶

蛾をヒヒルと読んでいることを指摘します。また氏は方言で蚕《かいこ》の蛾《が》をヒルという地方が宮城県、山形県、福島県、群馬県、埼玉県、伊豆御蔵島、岐阜県、熊本県、宮崎県、鹿児島県にわたっており、蛾や蝶がヒヒルと呼ばれるのはそのヒラヒラ飛ぶ形状に霊力（ヒ）の活動する姿を見たからである、と述べています。

そして氏は九〇〇年代の前半に成立した律令の施行細則である『延喜式《えんぎしき》』の内の、全国の神社一覧である神名帳《じんみょうちょう》の越前国敦賀郡の加比留《かひる》神社に注目します。氏はこの神社を持統《じとう》紀に越前国司が白蛾《しろきひひる》を献上したという記事があり、その白蛾を祭った神社であろう、としています。土橋氏によるとカ・ヒルのカは霊力の意に由来する美称の接頭語です。

また、ヒヒルの語構成はヒ・ヒルで、タ（手）・タ（手）クと同じ動詞の重複言である、ということです。また『おもろさうし』では蝶はハベル、奄美大島では蝶や蛾をハベラ、与論島では蝶をパピルということ、その文語は“ha-biru”だから「羽・ヒル」が語源であることがわかる、と述べています。

蛾や蝶の場合、卵から生まれた幼虫は蛹《さなぎ》となり、一見、生命活動を停止したかのような状態になります。蛹は時が満ちると破れ、そこから卵とも幼虫とも蛹とも異なる飛翔する生命、蛾や蝶が誕生します。同様に、鳥の卵も母鳥が卵を生み出してから一定の期間を卵のままで過ごします。温められた殻の内部で生命の形は変容しますが、外見は卵のままです。やがて卵は一定期間経つと孵《かえ》って雛《ひな》鳥になります。蛇の脱皮、甲殻《こうかく》類の脱殻《だっかく》などは皮や殻を脱ぐ以前と以後でそれほど劇的な差があるわけではありませんが、生命活動を停止したかのように見える期間を経て新たな命が生まれる、という点は同様です。

このような新生、再生に関わる民俗に若水、すで水信仰があります。すで水とは琉球民俗の語彙《ごい》で、若返り、再生の水への信仰です。吉成直樹氏は『俗信のコスモロジー』で琉球列島の若水にまつわる伝承をあげます。そして「蛇は若水を浴びたから脱皮ができるようになり、それゆえ不死になったが、人間は爪を除いては若水を浴びることができなかったから死ぬべき運命になった――。これら若水の伝承は、なぜ人間は死ぬようになったのかを説明する「死の起源神話」なのである」と述べています。[10]

吉成氏はまた、蛇や蜥蜴《とかげ》や蟹《かに》のように脱皮によって絶えず死と復活の過程を反復していると考えられた種類の動物についての伝承が太平洋をめぐる諸民族に多く、「脱皮型の死の起源神話」は東南アジアからオセアニアにかけての地域に濃密に分布しており、日本はその分布域の北限にあたる、という先学の説を紹介しています。

環形動物の蛭は脱皮や脱殻をするわけではありません。それでは、生まれ変わり、変容する、という名を持つヒルコはどのような存在なのでしょうか。ヒルコは脱皮型の死の起源神話とどのような関係があるのでしょうか。

ヒルコは『古事記』においては、イザナキとイザナミの最初の子です。次の子はアハシマであり、ヒルコ同様、子の数には入れられなかったことはすでに述べました。アハシマについて『古事記』はそれ以上語りません。

『日本書紀』第四段本文は、二神は子を生む時に淡路洲《あはぢのしま》を胞《え》としたが心悦ばなかった、そして大日本豊秋津洲《おほやまととよあきづしま》を産んだ、とあります。胞とは胎児を包む膜および胎盤のことです。『日本書紀（一）』の補注には「胞」を第一子の意とし、南セレベスやバリ島やスマトラなどで胞は兄または姉と信じられ、生児を守護すると思われている、と指摘します。そして

「淡路洲を胞（エ）つまり兄（エ）即ち第一子として生んだ」ことを意味する、とします。次に第一子を生みそこないとする当時の伝承の通り、子にアハヂ（吾恥）島と名付けた、と述べます。そして「意に満たないので、この島は、おそらく流し捨てたのであろう。ここでは淡路洲は大八洲の数に入っていない。この部分は古事記のヒルコの話に相当する」と述べています。[5] この解釈に従えば、ヒルコもアハシマと同様に胞《えな》、兄としての役割を持っていることを意味します。

『日本書紀』第四段一書六は二神が性交をし、「先づ淡路洲・淡洲を以て胞として、大日本豊秋津洲を生む」とあり、同九には「淡路洲を以て胞として、大日本豊秋津洲を生む。次に淡洲」とあります。また、同八には「磤馭慮嶋《おのごろしま》を以て胞として、淡路洲を生む。次に大日本豊秋津洲」とあります。また同十には二神が性交し、「淡路洲を生む。次に蛭児」とあります。オノゴロシマは前述のようにイザナキとイザナミが降臨し子生みをした島で、神話世界の始原の島であり、最初の陸地です。

『古事記』、そして『日本書紀』の本文と一書の様々な伝承はイザナキとイザナミの初めの子、そして胞であり兄である子についての観念が錯綜していることを示しています。ヒルコやアハシマ、時にはアハヂノシマやオノゴロシマまでこの世界の始まりの子の象徴性を担っているのです。

観念が錯綜している理由は、神話の中で世界が形をなしつつある時期はあらゆるものが流動しているからである、と考えます。ものの輪郭が定かでない始まりの世界、しかも流動する世界の中で、どの状態をオノゴロシマといい、どの状態をヒルコというのか。どの状態がアハシマか、あるいはアハヂノシマか。所伝ごとに視点は微妙にずれていいます。

淡路島の海

ところで、成立したばかりの若い国が神話を語る理由の第一は、支配者がこの世界を支配する正統性を主張するためです。日本神話の場合、支配者である天皇家は地上に元からいた人々とは異なる高天原《たかまのはら》の至高の神に由来する超越性を持つからこそ支配者にふさわしい、とされています。しかし、そのような人工的な語りばかりが神話ではありません。

神話は人間の作為を取り込み、神話自体が持つ生成力によって不可思議でありながら完結した世界を構築していく、という側面があります。小説家が小説の中にひとつの時空を構築するように、神話は個々の共同体の神話の時空をおのずから構築していきます。神話の編纂者、あるいは書き手は始原の世界のエネルギーの流動性を語っているつもりで、いつの間にか神話に語らされています。なぜ神話にそのような力があるのか、筆者に明瞭に説明することはできません。

所伝はそれぞれ、所伝を筆録した人物が感得した始原の世界の初めの子、そして胞であり兄である子について描写しています。流動する世界のどこをどのように切り取って描写するか、という違いが複数の所伝に表現されていることを、筆者は興味深く思います。

イザナキとイザナミが潮（塩）の滴りによって形成したオノゴロシマは、島であり潮の凝ったものであり、二神が性交をして地上世界と神々を生みだす原点、とされています。アハシマのアハはいつでも消える淡い存在としてのアハでもあります。また、アハヂノシマは現実の淡路島が投影されていると同時に、記によると最初に生みだされた確固たる島であり、始原の大地の島の象徴を担っています。そして、淡道《あはぢ》、淡路という名の通り、二神が次に生みだす伊豫《いよ》、讃岐《さぬき》、粟《あは》（阿波）、土佐《とさ》、すなわち四国へつながる通路の島、という意味もあります。

前述のようにヒルコは胞としての役割を持つこともあります。胞衣《えな》は新生児を保護し、未生の世界から生の世界へ送り届ける役割を果たします。古川のり子氏は胞衣の象徴性を民俗、伝承、神話などの多方面から探り、神話の中で袋を負ったオホナムチを「胞衣の袋を被った袋子」と捉え、昔話の中の袋を携えた米福や鉢を被った姫君、そして儀礼の中で角帽子・蓑笠《みのかさ》を被った死者や綿帽子や蓑笠を被った花嫁について言及します。なおオホナムチは出雲大社の祭神として有名なオホクニヌシ（大国主）の五つの名のうちの一つです。

そして「彼らは皆、新たに生まれ変わるための通過儀礼の途上にある者たちで、その「被り物」の中で変容を遂げつつ、次に生まれ出るのを待っている。彼らに密着した「袋・鉢・皮・殻・帽子・蓑笠」は、彼らがやがて脱ぎ捨てるべき「胞衣＝子袋」である。これらを脱ぎ捨てたとき、彼らはこの世の赤子として、または立派な大人、婚家の妻、あるいはあの世の神となって、新しい世界に生まれ出る」という指摘をしています[11]。

古川氏の論から、胞には通過儀礼の途上にある新生する者との密着性と保護や変容の装置、そして脱ぎ捨てられるもの、という意味があることがわかります。ヒルコは正常な子の前に生まれた子であり、兄《え》の象徴性を担います。それではヒルコに胞《え》と通じる側面はあるのでしょうか。

越野真理子氏はヒルコ神話を詳細に分析し、ヒルコが国生みの最初に誕生した、とする『古事記』と『日本書紀』（第四段一書一・一書十）の神話に東南アジアに分布する兄妹始祖型洪水神話と共通する要素があることを先学が指摘していることを述べ、「これは、洪水で兄妹二人だけが生き残って結婚をするが、生まれた子が肉団あるいは五体満足でない異常児であり、それを切断するとその肉片が人に変り、人類の祖となるという型の神話であり、ヒルコが「蛭」のように手足のない不完全な子であることと対応している。インドシナから中国江南、朝鮮半島にもこの型の神話は分布しており、わが国のイザナキ・イザナミ神話との密接な関係は否定できないと思われる」と述べています。[12]

この越野氏の指摘から、ヒルコは完全な子の前段階にあたる原資料のような存在である、ということがわかります。性が男女に分かれ、性交して子を生むことができる神が降臨した始原の地上世界には潮が凝った不安定なオノゴロシマがあるばかりで、確固たる島も大地も存在しません。コスモスを形成するためのエネルギーが漲《みなぎ》ってはいても、あらゆる要素は不確定です。世界の不確定性をそのまま体現したヒルコ、アハシマ、アハヂノシマ、オノゴロシマは完全な子や安定した大地が形成されるための前段階です。

その段階を経て、ヒルコ的なものを棄てなければコスモスを形成しえない、というあり方は、胞衣の象徴性に通じるものがあります。胞衣と新生児が未分化の世界からは胞衣の属性を持つ生みそこないの兄なる第一子を放逐しなければなりません。ヒルコが流された理由のひとつはそこにあるのではないでしょうか。
未分化な世界の不確定性を担い、ヒルコは海の彼方へ遥かな航海に出たのです。

葦船

葦は水辺の植物であると同時に、神話性を帯びています。ここでは葦に注目し、ヒルコが葦船で流された、ということの意義を考察していきます。

記紀万葉において大和の呼称はひとつではありません。『古事記』では太陽神アマテラスが天の石屋戸に籠った時、「葦原《あしはらの》中国《なかつくに》ことごとにくらし」という状況になります。そしてオホクニヌシの国造りによって豊かになった地上世界を、アマテラスは「豊葦原《とよあしはら》之《の》千《ち》秋長《あきのなが》五百《いほ》秋《あき》之《の》水穂国《みずほのくに》は、わが御子、オシホミミの統治すべき国」といいます。『日本書紀』第四段本文ではイザナキとイザナミが「大日本《おほやまと》豊秋津洲《とよあきづしま》を生む」とあります。同第四段一書一では天神《あまつかみ》がイザナキとイザナミに「豊葦原《とよあしはらの》千《ち》五百《いほ》秋《あきの》瑞穂《みつほ》之地《のくに》あり。汝ゆきてしらすべし（統治すべし）」と述べています。その神の言葉に続き、二神によるオノゴロシマ創世、降臨、性交と子生みへと話は続いていきます。

『万葉集』巻二‐一六七の柿本人麻呂の草壁《くさかべ》皇子挽歌では、「天照《あまて》らす　日女《ひるめ》の命《みこと》（アマテラス）」によって地上世界「葦原《あしはら》の　瑞穂《みずほ》の国《くに》」の統治を約束された天皇、という文脈で葦原瑞穂国が歌われます。草壁皇子は天武天皇と持統女帝の子で皇太子でしたが、皇位を継ぐことなく早世しました。皇子が天皇のように歌われているのはそのような理由があります。また、巻九－一八〇四の田辺福麻呂《たなべのさきまろ》歌集の弟への挽歌の中に「葦原の　瑞穂国」が歌われています。

『万葉集』巻一－一の雄略《ゆうりやく》天皇の歌では天皇の支配する地として「そらみつ　大和国《やまとのくに》」が歌われています。「そらみつ」は大和にかかる枕詞です。そして巻一－二は舒明《じょめい》天皇の国見の歌です。天皇は大和の大地の地霊と海原の精霊が賑っている様を「国原はけぶり立つ立つ　海原はかまめ立つ立つ」と対句で寿《ことほ》ぎます。歌の締めくくりには、うまし国（よい国）である大和を「蜻蛉島《あきづしま》　大和の国は」と歌っています。そして大和は言霊《ことだま》の助くる国（言霊が幸いをもたらしてくれる国）と歌う巻十三－三二五四では大和の呼称は「磯《し》城島《きしま》の　大和の国」となっています。

伊藤博氏は「『蜻蛉島大和の国』は、神代紀上の国生み神話に「大日本豊秋津洲を生む」

とあるところなどとかかわる表現で、同じ大和の国を称するにしても、人の世の人が人の世の目をもって現実的に呼ぶ「磯城島の大和の国」と違って、神話的な呪性が強い」と述べています。そして、「葦原の瑞穂の国」という呼称については「日本国への神話的呼称」であるとし、その理由を「天孫降臨に際し、皇祖天照大御神が日本国の五穀の豊穣を予祝して発した言葉に基づくからである」と『萬葉集　釋注七』で述べています。[6]

豊葦原千五百秋瑞穂国、という呼称の後半は、秋に稲穂が豊かに実ることを意味しています。それでは、豊葦原、あるいは葦原中国の葦原がなぜ大和の神話的呼称の一部をなしているのでしょうか。

古川のり子氏は天地が生成しつつあった初めのころは、下界は一面の原初の海で、大地はそのうえを遊泳する魚のように、水に浮かぶ脂のように、雲やクラゲのように、形の定まらぬ様子で漂っていたことを指摘した上で「そのとき、天と地のはざまに葦の芽が生じ、それがクニノトコタチの尊という神と化した（紀第一段本文）。他の諸伝によればその葦の芽からまずウマシアシカビヒコヂの神、次いでクニノトコタチの（またはアメノトコタチ）

の尊が発生したともいう（紀第一段一書二・三、記）。いずれにしても、混沌としたなかから最初にアシカビ＝生命と、それを育むトコ＝土のもっとも原初的な姿が「泥中の葦の芽」として出現したので、この神話によれば神々や人間などすべての生あるものは、根源的には「葦」という植物から生じたことになる」と述べています。[5]

国生みで誕生した大八洲国《おほやしまのくに》についての『日本書紀（一）』の注釈は、国生み神話と八十島《やそしま》祭《まつり》との関係について言及します。[5] 八十島祭とは宮中で祭祀を行う生島巫《いくしまのみかんなぎ》らが難波津に赴いて行なう祭儀であり、大嘗祭《だいじょうさい》の翌年に行な

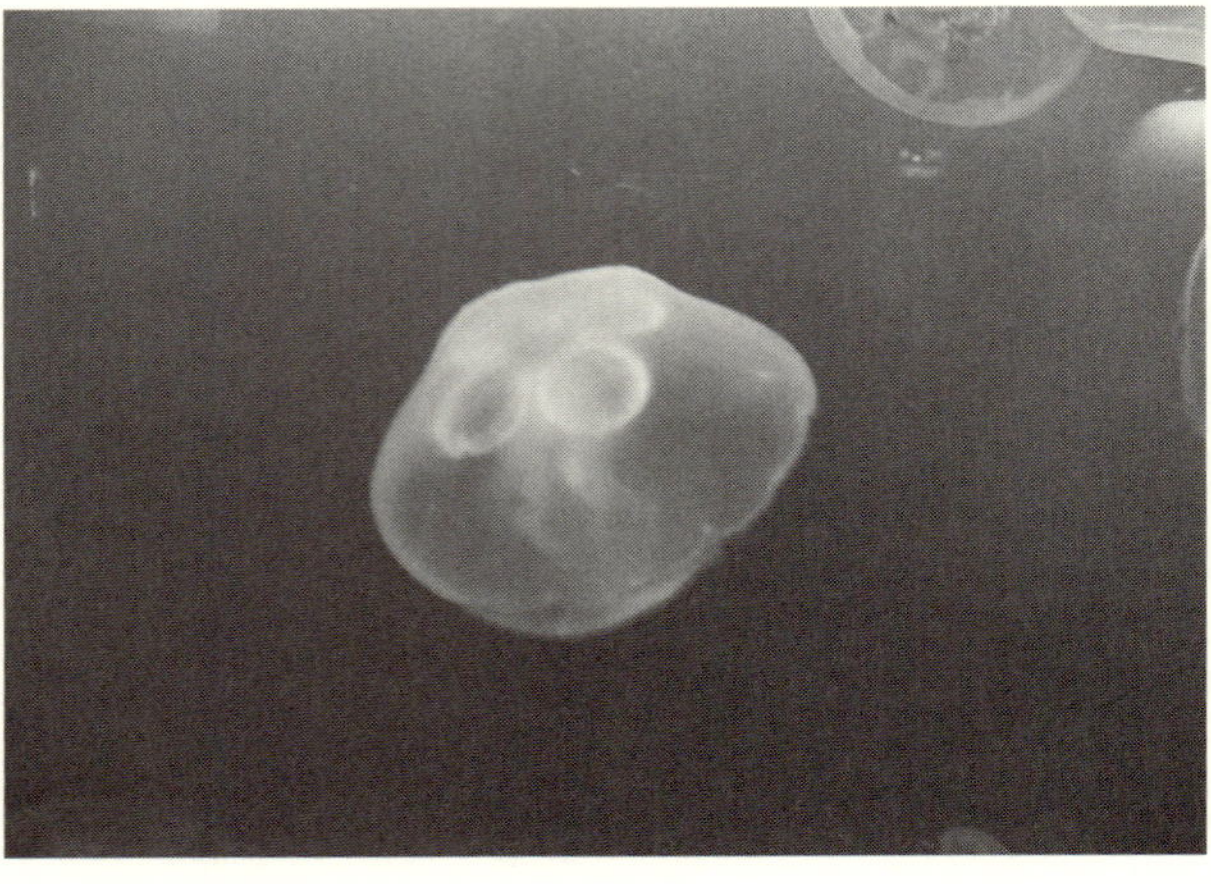

クラゲ

われる天皇の一世一代の祭です。古川のり子氏は八十島祭には「太陽の死と再生」を主題とする神事や儀礼との結びつきという側面と、イザナキの禊ぎによるアマテラスの誕生という「太陽の誕生」の神話との結び付きという側面があることを指摘しています。[13]

古川氏は八十島祭の本来の意義を推測し、「支配者が新しい治世のはじめに難波津に赴いて世界の誕生の原点に立ち戻り、国土の島々と太陽の誕生を再現するための祭りだったのではないかと思われる。水中の禊ぎによって太陽が生まれたように、あるいは鎮魂の祭りによって太陽が石屋から再生したように、八十島祭の「禊ぎと鎮魂」の儀礼を経て、支配者は生まれたばかりの八十島を支配する太陽神の子孫として新たに誕生することになる」と述べています。[13]

『日本書紀（二）』の注釈は、八十島祭の行なわれる難波が国生みの順序の初頭部に置かれる淡路島を目前にする地点であることを指摘した上で、「おそらく国生み神話は、大和のような海のない地域でなく、葦の広く生えていた難波の、八十島祭の呪術との関連で生れ出たのではないか。万葉集によれば、難波江と葦とは、しばしば歌われており、「豊葦原」「葦牙の萌えあがる」「可美葦牙彦舅尊」など世界起源神話、国生み説話に葦の語の多いことも注意される」と述べています。[5]

難波津から望む淡路島や瀬戸内海の島々は、世界が形をなしつつある始原の時に誕生した島々です。古川氏が指摘するように「おしてるや（太陽が強く照る）難波」という枕詞を冠される難波の地は、始原の島々と八十島祭の儀礼における太陽神の誕生に深く関わる聖地です。[13]『古事記』の仁徳天皇の条には、天皇の国見の歌として「おしてるや　難波の崎よ　出で立ちて　我が国見れば　淡島《あはしま》　自凝島《おのごろ》　檳榔《あじまさ》の　島も見ゆ　放《さけ》つ島見ゆ」が記されています。天皇

瀬戸内海

が太陽が強く照る難波の崎から、我が国を見る際、アハシマ、オノゴロジマ、といった始原の世界で最初に生まれた島々を幻視しています。天皇が国土創成の時に立ち戻り、神と同じ視線で瀬戸内の島々を見ることにより、天皇の国が始原世界のエネルギーを得て新生し、発展していく、という予祝の意味がここに籠められています。

その難波の地に葦原があったのです。そして、前掲のように神々や人間などすべての生あるものは、根源的には「葦」という植物から生じた、とみなす発想が神話にあります。葦はあらゆる生命の根源、という意味を持っていたのです。

『万葉集』には難波の葦を歌った歌があります。巻六‐一〇六二〜一〇六四は田辺福麻呂歌集の「難波の宮にして作る歌」の長歌一首、短歌二首の歌群です。一〇六二には「葦《あし》辺《へ》には　鶴《たづ》が音《ね》響《とよ》む（葦辺には鶴が鳴き立てている）」、一〇六四には「葦辺《あしへ》に騒《さわ》く　白鶴《しらたづ》（葦辺で鳴き騒ぐまっ白な鶴）」が歌われています。

志貴皇子《しきのみこ》は難波の宮での歌、巻一‐六四で「葦辺行《あしへゆ》く　鴨《かも》の羽《は》がひ（枯葦のほとりを漂い行く鴨の羽がい）」に霜が降って寒い夕べに大和を思う歌を残しています。笠金村《かさのかなむら》は冬十月の難波行幸の時の巻六 - 九二八で「おしてる　難波《なには》の国《くに》は　葦垣《あしかき》の　古《ふ》りにし里《さと》と（おしてる難波の国は、葦垣に囲まれた古びた里でしかないと）」と歌い、難波を世の人は心に掛けなくなったが、宮があるので旅先に宿る、と歌います。

大伴家持は巻二十 - 四三九八の防人の心のために思いをのべる歌で防人が遠い東国から山を越え過ぎ、「葦《あし》が散《ち》る　難波《なには》に来居《きゐ》て（葦が散る難波に到り着いてたむろし）」と歌います。また作者を記さない巻十一 - 二六五一の短歌は「難波人《なにはひと》　葦火《あしひ》焚《た》く屋《や》の（難波人が葦火を焚く部屋のように）」で始まります。この二句は次の「煤《す》してあれど（煤《すす》け古びてはいるけれども）」を導き出す序詞になります。歌は煤けた風体の古女房だが、自分には一番かわいい、と続きます。

乞食者《ほかひひと》が蟹の気持ちを代弁した巻十六 - 三八八六は「おしてるや　難波《なには》の小江《をえ》に　廬作《いほつく》り　隠《なま》りて居《お》る　葦蟹《あしがに》を　大君召《おほきみめ》すと（おしてるや難波入江の葦原に、廬《いおり》を作って潜んでいる、この葦蟹めをば大君がお召しとのこと）」で始まり、葦原に潜む蟹がお召しに従って飛鳥へ行ってみると干され、臼で撞かれ、「難波《なには》の小江《をえ》の　初垂《はつたり》（塩）」をまぶされ、賞味されてしまうことを歌っています。なお乞食者について伊藤氏は『萬葉集　釋注八』で「家々の門口を廻って、寿歌《ほきうた》など民間芸能を唱って祝い、施しを受けた芸人。いわゆる門付け芸人」と説明しています。[6]

『万葉集』においては難波の葦は、天皇が時おり行幸する宮がある海辺の土地の景物として歌われています。そこに神話性を読み取ることは難しいのですが、「おしてる難波の国」を古風な土地と歌う際は葦が歌いこまれることがあります。また、難波の人が葦火を焚く屋は煤だらけ、という序詞は難波と葦焚きが前代の古風な印象を提示しています。

石井龍太氏製作の弥生時代竪穴住居模型
横浜市立歴史博物館所蔵

難波は万葉時代、都から離れた旅情を掻き立てられる場所であり、応神・仁徳帝の宮処であった河内に近く、そして孝徳《こうとく》天皇が大化《たいか》元年（六四五）から白雉《はくち》五年（六五四）まで一時、遷都《せんと》（難波長柄豊碕宮《なにわながらのとよさきのみや》）した地です。難波はまた古くから港があり、物流の要衝の地でもありました。

また、『古事記』のみに記される神話で、手を若葦をひきちぎるように摑《つか》み潰《つぶ》されてしまった神がいます。その神の名はタケミナカタで、オホクニヌシの子です。国土を生産性溢れた世界にした地上のオホクニヌシの元へ、高天原の神から「地上世界は天孫の支配する地だから国譲りをするように」という使いが出されます。オホクニヌシは高天原の武神である使者に自分では答えず、子のコトシロヌシとタケミナカタに答えさせます。後述のようにコトシロヌシは天孫に国を譲ることを承知し、姿を隠します。しかし、タケミナカタは簡単には承知しません。

タケミナカタが千人がかりでやっと動く大岩を手の先に軽々と差し上げていると、使者のタケミカヅチがやって来ます。タケミナカタは力くらべを提案しますが、タケミカヅチは手を氷柱や剣の刃に変え、恐れるタケミナカタの腕を若葦のように摑み潰してしまいます。逃亡したタケミナカタは諏訪の地に至り、命乞いをし、今後は諏訪の地を出ないことと、父やコトシロヌシの言葉に従い葦原中国を天の神に献上することを約束します。

古川のり子氏はタケミナカタが戦神・竜蛇・製鉄の神としても信仰される諏訪大社の祭神であることを指摘します。そして先学が指摘した、ミナカタが製鉄に重要な南方の風を意味することと、タケミナカタ征伐の神話には荒ぶる風の神を鎮圧することによって世界を平定する意味を読みとれることに言及します。[5]

古川氏は記紀において混沌とした荒ぶる状態が、草木がものを言って騒ぐ様子、あるいは風が吹いて木の葉が騒ぐ様子によって表現され、クサナギの剣は草が騒がないように風雨を鎮める剣であることに言及します。そして危険な風を制御し草木を黙らせることによって世界が秩序化されると考えられている、と述べます。

危険な風の神、タケミナカタは剣そのものであるタケミカヅチによって若葦扱いされます。タケミナカタは始原の混沌の世界の、若い葦はじめ草木が統御できない風によって騒ぐ状態を具現化した神、という側面を持っています。そのタケミナカタ的な葦は伸びて秩序あるコスモスの構成要素になることなく、芽を摘まれます。しかし、シナノこと風の吹き荒れる野である信濃の諏訪大社は、現在も高天原系の神とは異なる霊能を誇っています。

神話世界では葦から命あるものが生まれる、とされました。神々とコスモスの始まりの存在であったヒルコは生命の源である葦でできた船に乗せられ、海の彼方へ流されました。葦船を揺り籠にしたヒルコは、神代から遥か時間の海の彼方、中世になってヒルの名の通り変容し、龍神に庇護された力ある神、蛭子（エビス）としてこの世界に再臨し、絶大な信仰を集めることになります。

上代神話におけるヒルコの名、そして乗り物の葦船は後世の恵比寿信仰の予兆も孕んでいます。

夜の海

越野真理子氏は「太陽神アマテラスの誕生」でヒルコをアマテラスの呼称、ヒルメ（日の女）と対応するヒルコ（日の子）と認識されるほうが自然である、という先学の見解を挙げています。そして、ヒルコが船に乗る、という点に注目し、太陽が船に乗る、という太陽の船型神話が日本にもあった、という先学の説を紹介し、アマテラスが船に乗るという記事が『播磨《はりま》国風土記』にあることを指摘します。[12]

『播磨国風土記』の賀毛《かも》郡の猪養野《ゐかひの》（兵庫県小野市）の条には「日向《ひむか》の肥人《くまひと》、朝戸君《あさべのきみ》、天《あま》照大神《てらすおほみかみ》の坐《いま》せる舟のうへに、猪を持ち参来《まゐき》てたてまつりき。飼ふべき所を、求《ま》ぎ申《まを》し仰ぎき。よりて、ここを賜《たま》はりて、猪を放ち飼ひき。かれ、猪飼野といふ」という記事があります。猪養（飼）野は、日向の土着の人がアマテラスの乗る船に猪を献上し、猪を飼うべき土地を下賜するように願い出て勅命を仰いだところ土地を下賜されて猪を放したからその名がついた、というのです。[14]

越野氏は、ヒルコをアマテラス・スサノヲ・ツクヨミの三貴子の兄弟とみなし、分析します。氏はまず、三貴子のうち、ツクヨミとスサノヲがともにアマテラスとは異なる世界領域に追放された神であることを述べます。

すなわち、ツクヨミ（月の神）は『日本書紀』第五段一書十一では食物の神、ウケモチ（保食神）を殺害します。アマテラスは「汝《いまし》は是《これ》悪《あ》しき神なり。相見《あひみ》じ」と言い、それからはツクヨミと一日一夜、隔て離れて住むことになった、といいます。ツクヨミは『日本書紀』のこの一書以外は固有の神話を持たない神です。『古事記』でツクヨミはアマテラスとの世界領域の違いをイザナキに示され、夜の世界に去っていきました。

一方スサノヲは海原の統治を父のイザナキに命じられたにも関わらず、成長して長い顎《あご》鬚《ひげ》を蓄えるまでになっても母のイザナミを恋しがり、母のいる根《ね》の堅洲国《かたすくに》に行きたいと泣き喚いて青山を枯らし、河海を干してしまったと『古事記』に記されています。その所業によりスサノヲはイザナキによって「神逐《かむや》らひに逐らひたまひき」すなわち、追放されてしまいます。ヒルコもまた、三歳になっても脚が立たなかった、という理由で追放されました。つまり、アマテラスの兄弟とみなしていい三神はすべて追放される神、という共通点を持っています。

越野氏は太陽神が船に乗るという世界の「太陽の船」型神話においては、夜間の太陽は輝きを失い、死者の魂を同乗させ、他界への旅を行うとされていることを指摘しています。そして、太陽の船型神話や信仰で太陽と結び付けられる「海洋」と「冥府」は日本神話の「海原」と「根の国」に対応している、と述べています。越野氏はまたアマテラスが支配者として高天原を離れることのない不動の神であること、そして「死」から注意深く遠ざけられていることを指摘します。[12]

すなわち、アマテラスは『古事記』によるとイザナキの身体から単性生殖のような形で誕生しています。イザナキは火の神を生んだために火傷をおい、命を失ったイザナミを追って死者の国に赴きますが、イザナミの身体が腐乱しつつあるのを見て地上に逃げ帰り、穢れを祓おうと禊《みそぎ》を行います。禊の最後に両目と鼻を洗ったらアマテラスを含む三貴子が誕生しました。この記述はアマテラスの母にあたるイザナミとの親子関係を巧妙に避けている、と越野氏は指摘しています。

また、『日本書紀』第七段本文ではスサノヲが逆剝ぎにした馬を屋根から機屋に投げ入れ、驚いたアマテラスが持っていた梭《ひ》で身体を傷付け、それがきっかけでアマテラスが天の石屋戸に籠りますが、『古事記』や『日本書紀』の一書一では傷付いたのはハタオリメやワカヒルメというオホヒルメ＝アマテラスの分身のような女神とされています。越野氏はアマテラスの石屋戸籠りは象徴的にはアマテラスの死を意味することを指摘します。しかし、アマテラスが石屋戸を出た後、二度と石屋戸に籠れないよう石屋戸は塞がれ、原因をつくったスサノヲは罪科を負わされ追放されます。越野氏はこの石屋戸の事件は神話の中で一回限りのこととして処理され、アマテラスは常に高天原に留まり、輝き続けることを指摘しています。

越野氏はアマテラスが皇祖神として信仰され、歴代天皇の模範や象徴とされたため、アマテラスに自然の太陽の最も望ましい部分のみが仮託されている、と述べています。すなわち、アマテラスは昼間の、真夏の、中天にある太陽であり、現実の太陽とは違い動いたり、光を弱めたり失ったりすることはありません。そのようなアマテラス像を造形するため、越野氏は従来日本に存在した「太陽の船」型神話が書き換えられた可能性を示唆しています。

つまり、夜の海を冥府に向かって航海する太陽、というイメージがアマテラスから意図的に遠ざけられ、それを象徴するのがアマテラスの追放された兄弟神達である、というのです。ツクヨミは言うまでもなく夜の月の神であり、スサノヲが最終的に王となるのは死の国である黄泉国と重なる側面を持つ、根の堅洲《かたす》国です。そしてヒルコが流し去られるのは海原です。

日本神話の最高神、アマテラス像が造型される際、兄弟神達には太陽神の負の要素が仮託され、高天原から放逐されました。特にヒルコ（日子）はヒルメ（日女）ことアマテラスに対応する名を持ったため、アマテラスの対極の太陽神といってよい、と考えられます。ツクヨミやスサノヲは人格を持ち、アマテラスとの葛藤が神話で語られますが、ヒルコは不具であったため流された、と語られるだけです。そして、神々とコスモスの始まりの存在であるヒルコは、前述のように未分化な世界の不確定性を担い、流されました。ヒルコは日子、蛭子、そして不具で変容する者です。

最高神として意識的に女神を選択した日本神話において、ヒルコは無意識的な捉え難い神格です。そのヒルコが、大地というコスモスを取り囲む広大で無意識的な空間、海を航海します。その海はヒルコが変容した神、エビスに相似しています。

ヒルコとエビス

エビス、という名から最初に思い浮かぶのは福神としてのエビスです。大黒天《だいこく》・夷《えびす》・毘沙門天《びしゃもんてん》・弁天《べんてん》・福禄寿《ふくろくじゅ》・布袋和尚《ほていおしょう》・寿老人《じゅろうじん》の七神のうちのエビスは満面の笑みをたたえ、大きな鯛を釣り上げた姿、あるいは鯛を持つ姿で知られています。七福神は現世利益を叶える神々として、現代でも広く信仰されています。「〇〇七福神めぐり」と称し、近隣の寺社の社殿、あるいは摂社や小祠に祀られている七福神を巡り祈願する機会を持った方、あるいはその宣伝の幟旗《のぼりばた》などを目にされた方も多いと思います。また、縁起物としての七福神の乗る宝船の図像は、現代でもエビスを祀る神社の人気のある土産物です。

ところでエビスの当て字は蛭子、夷、戎、狄、

浅草名所七福神の旗

上総一ノ宮タカラ鮮魚の宝船

大阪の新戎橋

蛮、胡、恵比寿、恵比須、などです。蛭子の字面はエビスの前身とされるヒルコの脚の立たない不具の存在、環形動物のヒルのような存在を意味しています。そして恵比寿、恵比須は七福神の一員としての幸福をもたらす神としての側面を意味しています。そして、夷、戎、狄、蛮、は東夷《とうい》、西戎《せいじゅう》、北狄《ほくてき》、南蛮《なんばん》という語からわかるように、中華世界を取り巻く異民族を意味します。胡もまた、中華世界から見た北西方の異民族である匈奴《きょうど》などを意味します。

ちなみに、胡弓《こきゅう》、胡坐《あぐら》、胡瓜《きゅうり》、胡桃《くるみ》、胡麻《ごま》、胡椒《こしょう》、などには胡の字が用いられています。馬の尾毛で張った弓で鳴らす楽器、座り方、野菜、木の実、食用の草の実、香辛料など、日本人の生活に密着した胡の付くものは、かつて中国を含む海外から招来されてきました。胡馬を駆り、中華世界を脅かした異民族を表象する文字は我々の日常の中に今も生きています。また蛮も野蛮や蛮人という語、そして蕎麦《そば》屋の人気メニューである「鴨南蛮」などで用いられています。

それでは、なぜエビスの宛て字が周縁世界の異民族を意味するのでしょうか。

宮本常一氏はエビスが夷や蝦夷と書くこと、古代、大和で勢力をふるった蘇我氏の長に蘇我蝦夷《そがのえみし》がいたこと、毛人をエミシと読むこと、また平安京造営に功があった佐伯今毛人や、墓誌に名を残す小野毛人がいたことを指摘します。宮本氏は、彼らは身分が高く卑称として蝦夷や毛人を名乗るとは考えられない、と述べます。そして毛人は毛深い人であり、たくましく強く多くの人々に畏敬され、信頼されていたのではないか、と述べています。[15]

そして『日本書紀』の神武天皇の条に「夷《えみし》を　一人《ひだり》　百《もも》な人《ひと》　人《ひと》は云《い》へども　抵抗《たむかひ》もせず（蝦夷を、一人当千の強い兵だと人は言うけれども、来目部に対しては、全然、抵抗もしはしない）」という歌謡があり、この夷は大和のあたりに土着の人々であろう、と述べています。夷は強いという前提と、神武天皇方に抵抗しないという歌謡に当時の大和にいた夷の立場が示されていることを興味深く思います。

宮本氏は古くは狩猟や採取を主とした文化が日本では北方に発達し、東北日本に多くの人々の居住が見られるようになったことを指摘します。そして朝鮮半島を経由して多くの人々が渡来し、大和を中心に征服者による国家が成立してくるとエビス達も次第にその政権に属していくが、在来の文化のままの生活をしている地域もあり、それが東北だったのではないか、とも述べています。そして大和朝廷と接触の少ない東北のエビス達によってエビスという言葉が未開を意味するようにとられるにいたったのであろう、と述べています[15]。

エビスの登場する中世の文献に幸若舞《こうわかまい》の「百合若《ゆりわか》」があります。幸若舞とは室町時代に武家に愛好された芸能です。織田信長が今川義元との桶狭間《おけはざま》の戦いに出陣する前に、源平の戦いで若くして命を落とした平家の公達《きんだち》、平敦盛《たいらのあつもり》を主題にした幸若舞「敦盛」の一節、「人間五十年、化天のうちを比ぶれば、夢幻のごとくなり（後略）」を謡い舞った、という話は広く知られています。なお「百合若」とはコクリ（高句麗）、ムクリ（蒙古）と戦った、とされる架空の英雄の物語です。

「百合若」には我が国の神々が国常立尊《くにとこたちのみこと》より始まり、イザナキ、イザナミが降臨して第一に日、伊勢神宮の日の神（アマテラス）、第二に月、高野の丹生の明神ツクヨミ、「其の次に海を生む。摂津の国にお立ちのある蛭子《ひるこ》の御子《みこ》夷《えびす》三郎殿にておはします」、次に出雲の国のスサノヲを生んだ、とあります。この記述の中で興味深いのは「海を生む」として「蛭子の御子夷三郎殿」となっている点です。エビスがまさに海そのものの神格化とされていたことがわかります。

平凡社の『幸若舞1』の「蛭子」の注釈には「蛭子は、伊弉諾《いざなぎ》・伊弉冉《いざなみ》二神の間に生まれた最初の子。中世以降、夷（恵比須）神と同一と考えられた。夷と三郎とはもと別のものであったが、これも中世になると同一と考えられ、福神と考えられるようになった。「摂津の国にお立ちある」は、摂津の国の西宮神社に祭られていることをさす」とあります。[16]

北見俊夫氏は民衆と深い縁で結ばれてきたエビスへの信仰が具体的にいつ始まったかを文献や図像などで辿ることが難しい、と指摘します。また、先学の説によりエビス神社の一大拠点、摂津西宮神社の起源がわかりにくいことも指摘し、もともとは広田神社の南側の海に面した浜宮の末社の小祠であったと述べています。そして神体については、摂津の武庫の海の沖で漁師の網にかかったモノが「祀ってほしい」といった、という伝承があった、と述べています。[17]

北見氏はまた、エビスが福神として全国に流布するにあたって西宮神社の神人であるエビスカキの力が強かった、と指摘します。エビスカキとは先学によると西宮神社に寄食する傀儡師《くぐつ》（人形使い）で、家々を訪れて訪問先の長久繁栄、大漁豊作を祝福すると称してエビスの人形を舞わせ、芝居がかった人形芸や猿楽《さるがく》を演じました。北見氏はエビスカキの一座が浄瑠璃《じょうるり》節の語り手と手を組み、京の四条河原に人形操りの興業をひらき、やがて江戸時代後期に至って文楽座の基が築かれた、という説を引用しています。

氏はまた傀儡師がもともと海人部《あまべ》の民であったとする見解を示します。そして、日本人の持つ特異な俳優観、すなわち歌舞伎役者を河原者と呼び、歌舞伎を演じる役者を一種の異常人物として一般民衆から区別しようとする心理がひそんでいた、という先学の説を示します。北見氏はエビスカキの活躍と芸能民としてのあり方から、エビスの不具性や異相の謎を解くヒントを見出しています。

なお三尾裕子氏はエビスが外来者、異民族の神、海の豊かさを体現する神、そして水死体や差別される存在であることを述べた上で、エビスの性格を三つにまとめます。[18]

一　エビスは外来者としての性格を持つ
二　エビスは不具性や異形性を持つ
三　エビスは祟り神としての側面を持つ

三尾氏は一についてどこからか流れてくる水死体や異世界である海底の石をエビスとみなして崇める、と述べます。二について外来者と人間世界を区別する際、異形性を指標とする、とします。三について氏は水死体を神体とすることがあるエビスは、死霊の祟り神としての側面と幸福をもたらす側面がある、とまとめています。

エビスの外来者としての性格に関し、北見氏は興味深い事例を紹介しています。北見氏の友人の漁村の研究者が昭和二十八（一九五三）年に山口県平郡島（柳井市）へ渡り、イワシ漁の船に乗せてもらったそうです。その年のイワシ漁は大変な不漁で、漁が始まった日からイワシは一匹も獲れなかったそうです。ところが研究者が乗り合わせた船が小漁だがその年の初漁をしたそうです。漁師たちは「先生はエビスさまだ」と大変な喜びようで、その晩の初漁祝いには上座に据えられて飲めや歌えの御馳走になった、ということです。北見氏は「大漁のとき、たまたま来合せた他処者をエビス神とよんで歓待する例は、他の浦々でも聞かれることで、エビス神の性格を考えるうえで一つの重要なキメテになる」と指摘しています。[17]

エビスと死の世界

北見氏や三尾氏はエビスの御神体とされる神がヒルコやコトシロヌシである、と指摘しています。そしてヒルコは瀬戸内海地方のエビス社に多く、コトシロヌシは日本海側沿岸に多くみられる、という先学の見解をあげています。神話の記述からヒルコの流れ行く先は死の世界である、ととれますし、先学もそのような指摘をしています。

コトシロヌシはオホクニヌシの子です。前述のようにオホクニヌシが高天原の使者から葦原中国の支配権を天孫に譲るように迫られた時、子であるコトシロヌシに答えさせます。『古事記』によるとコトシロヌシは「「恐《かしこ》し。この国は、天《あま》つ神の御子《みこ》に立奉《たてまつ》らむ」といひて、すなはちその船を踏み傾《かたぶ》けて、天《あま》の逆手《さかて》を青柴垣《あをふしかき》に打ち成して、隠《かく》りき」、つまり国譲りをすると答え、船を踏み傾け、呪術として逆手を打って船を神霊のこもる青い柴の垣と化してその内に隠れました。『日本書紀』第九段本文には「海中《うみのなか》に、八重蒼柴籬《やへのあをふしかき》を造《つく》りて、船枻《ふなのへ》を踏《ふ》みて避《さか》りぬ」とあります。コトシロヌシは船、あるいは海中に結界の青柴垣を造って籠り、現世から姿を隠したのです。

コトシロヌシは神なので人のように死ぬわけではありません。しかし、現世から海中へ去り、二度と姿を現さない、ということを人間の場合は溺死《できし》といいます。水死体や海底の石がエビスの神体とされることと、コトシロヌシやヒルコがエビスの御神体や前身とされることは軌を一にしています。彼らは海に去っていった神なのです。

それでは、海とは一体どのような世界なのでしょうか。水死体であると同時に福徳をもたらす神であるエビスの領する海とはどのような世界なのでしょうか。

吉成直樹氏は高知県の沖の島の母島集落を調査し、漁業にまつわる俗信を分析しました。そして母島では魚は海に身を投じた乙姫がなったとされるリュウゴンサマ（竜宮様）が他界（海）からこの世にもたらしてくれると考えられていること、そして人間の生命は海から来て海へ還るのであり、出産とは生命が他界からこの世にもたらされること、死とはこの世から他界へ向かうことである、と述べています。[10]

そして不漁／豊漁という対立と出産／死という対立をこの世と他界（海）との交流とい

う点から対比させ、次のように示しました。

不漁「この世↓他界」⟷豊漁「他界↓この世」
出産「他界↓この世」⟷死　「この世↓他界」

吉成氏はこの対応から「富」をめぐるこの世と他界の調和的交換を読み取っています。氏によると「人間の生命と魚という二つの「富」がこの世と他界の間で交換されている」「この世の側からみれば、人間の生命を獲得したとき（出産）には魚を失い（不漁）、人間の生命を失ったとき（死）には魚を獲得（豊漁）しているということになる」といいます。

母島の漁業従事者の世界観において、海とは人間の未生の命と死後の命を包摂《ほうせつ》し、現世に魚という富をもたらす他界でもあります。吉成氏は「母島の民俗誌全般にわたって、この世と他界を、対立関係にあるものとして描くことは広く認められる」と述べています。

その海の両義性が示されることがあります。それは豊漁と不漁という正反対の結果をもたらす妊娠と水死体（流れ仏）です。吉成氏は妊婦のおなかの子供が女性である場合は豊漁、男性の場合は不漁をもたらすことが多いとされていること、水死体の場合は妊娠と同様、概して女性の場合は豊漁、男性の場合は不漁になる、ということを指摘します。

氏によると水死体を船に引き上げる際は儀礼的な手続きが必要で、それは漁に対する水死体の不安定な影響をできるだけ良い方向にもってゆこうとする考えにもとづく、ということです。なお、母島では水死体をエビスとは表現しません。

吉成氏は母島の俗信体系のなかで妊娠と水死体がまったく同じ意味をもっていることを指摘した上で、妊娠と水死体について「胎児も水死体も死の世界の存在であることが刻印されているとはいえ、死の世界からこの世へと境界を越えてやって来つつあるどっちつかずの存在、言葉をかえて言えば、境界的・両義的な存在である。そうした存在は、豊漁も不漁ももたらしうる、両極性を帯びた存在なのである」と述べています。水死体の境界的な性格、とはエビスの当て字そのものです。

前掲のようにエビスの性格は外来者、不具性、異形性を持つ祟り神としての側面があり、幸福をもたらす福神としての側面もあります。このエビスのあり方は母島の水死体のあり方と同様です。エビスはまさにこの世と対立する他界の海の両極性を体現しています。他界の海と現実の海は不即不離の関係にあります。他界であり現実の世界でもある海とこの世に富の互酬性《ごしゅうせい》があることを吉成氏は明らかにしました。人が死んで他界の海に赴くと、他界の海から現実の海へ、富である魚がもたらされます。この世に子が誕生することは他界の海の富がこの世にもたらされたことを意味し、現実の海からは同じく富である魚が減少します。

なお水死体をエビスとみなすことについて、北見氏は興味深い事例を紹介しています。海人の一大本拠地であった福岡県宗像《むなかた》郡玄海《げんかい》町鐘崎《かねざき》では死人を拾うと自分だけのエビス様にしようとして隠し祀った例が以前は多かった、ということです。また、昔ある妊娠した女が浜で七、八歳の娘の「流れ仏（水死体）」を拾い、自分は今まで男の子ばかり四人生んだが次は女の子が欲しいと流れ仏に祈ったところ、女の子が生まれた、ということです。

また、五島列島の江ノ島（崎戸町）での伝承として、ある水死人が故郷の人の夢枕に立って「自分は奈良尾でエビスさまに祀られて忙しくてたまらないので、どうか迎えに来てくれ」と頼んだ、という話も紹介しています。ちなみに頼まれた人は驚いて奈良尾へ行ったが、かの地ではエビスさまをどうしても渡さず、この人は追い返されてしまった、ということです。[17]

エビスは他界である海と現実の海の、双方の神格化です。一方ヒルコは不具性と異形性をもって海に流されました。神であるヒルコは神話の中で死んだとは語られませんが、無力なヒルコが流されたらその先にあるのは死、と想定するのは当然です。後世、ヒルコは祟りをもたらす死霊であり、水死体であり、幸福をもたらす神でもあるエビスと同一視されるようになりました。

ヒルコはあらゆる生命の材料である葦の船に乗って海に去った太陽神です。同時にヒルコは不具で海に隠れた、すなわち水死体と同様の存在です。このヒルコの航海する海は明るい昼の海ではなく、どちらかというと暗い死の海であり、夜の海だと考えられます。

そのような海を航海する者がいました。それは、死者達です。

死者の海

辰巳和弘氏は日本の古代、丸木舟や丸木舟の形態をした棺を用いた葬法、すなわち「舟葬」が存在したことを数々の事例によって説明しました。[19] 舟葬とは亡き人の霊魂を船に託し、霊界へ届けよう、という概念に基づく葬法です。

辰巳氏は松本信広氏が太陽の運行が船によってなされるという太陽船の信仰と舟葬観念が密接に関連し、その淵源が東南アジアの海洋文化にある、と述べていることを指摘します。また、松前健氏が古墳絵画にみられる太陽船の図像の背景に、海洋を越えて霊が彼岸の世界に行くという舟葬観念があることを論じた、と述べます。

辰巳氏は古墳壁画の主なモチーフに船が用いられる例があることを指摘します。そして福岡県浮羽《うきは》郡吉井町の珍敷塚《めずらしづか》古墳の壁画を細かく分析します。

辰巳氏は壁画の「画面左寄りには太陽を表す赤い大きな円文を中心とした同心円の下に、右手の方向へ進むゴンドラ形の丹塗りの船が見える。いわゆる太陽の船である。船上、舳先近くにマストがあり、艫側に櫓をこぐ人がいる。反りあがる舳先には、一羽の鳥が水先案内をするかのように、前方を向いてとまる」と述べます。

辰巳氏は画面右寄りには月と月に棲《す》むヒキガエルが配され、画面下に列点として表現される星を抱く流れ、すなわち天の河があり、ここに天翔る霊船が描かれていることを指摘します。壁画には上縁部に四、五本の矢を配した靫《ゆぎ》が三つ、壁画の世界を邪霊から守る目的で大きく描かれています。そして中央には二つの靫の間から立ち上がり、大きく左右に枝分かれしてその先端に渦巻きを持つ図文、蕨《わらび》手《て》文が描かれま

三渓園の石棺

す。辰巳氏によると、洋の東西を問わず、渦巻き文は万物を呑み込み、永遠の収縮（死）を続ける一方で、万物を吐き出し、永遠の拡張（生）を続ける図形でもあります。そして蕨の茎にあたる部分にも列点として星が描かれます。

辰巳氏は後漢の許慎《きょしん》が著した『説文解字《せつもんかいじ》』に星について「万物の精、上りて列星と為る」とあること、九三〇年代に編纂された『倭名類聚抄』にも「説文に云う」として「万物の精、上りて生まれる所なり」とあることを指摘します。すなわち、すべての霊魂は星になる、というのです。

辰巳氏の分析によると、古墳に葬られた死者の霊魂は、鳥を水先案内とする太陽の船に乗って常世に赴き、永遠の収縮（死）と拡張（生）を続ける、いわば生死と変容の装置である渦巻＝蕨手文を通り、天の河の星となります。常世は冥府であり、そのイメージは夜の太陽が移動する海原に重なっています。その船に乗る霊魂は夜の海を航海し、やがて空と海の和する彼方から夜の天に広がる大河、天の河にのぼり、星になります。この古墳壁画の船は、現実の地上世界から夜の海を通り、天に上ります。その船は下↓上に移動していくのです。

辰巳氏は珍敷塚古墳の南の耳納《みのう》丘陵にいずれも六世紀後半の築造と推定される原《はる》古墳、鳥船塚《とりふねづか》古墳、古畑《ふるはた》古墳があり、原古墳と鳥船塚古墳の奥壁にゴンドラ形の霊船が大きく描かれ、壁画の主題であることがわかる、と指摘します。

辰巳氏は熊本県北部の菊池川流域は横穴式石室や横穴の集中地帯として知られ、横穴には屍床《ししょう》と呼ぶ遺骸や木棺を納置するためのベッド状施設が造り付けられることが多い、と指摘します。そして石貫《いしぬき》地区の穴観音横穴群の二号横穴と三号横穴に屍床の仕切りがゴンドラ形の船の形に浮き彫り、あるいは半肉彫りされ、赤く塗られている、と述べます。

氏は「赤く塗られたゴンドラ形の屍床に木棺を納めると、そこに丹塗りの霊船が現出する」と述べます。

氏は熊本県立装飾古墳館に隣接する遺跡公園の岩原《いわばる》横穴群でも多くの屍床仕切りがゴンドラ形に造り出されていること、それらの中に、屍床の仕切りの片方に寄ってふたつのこぶのような突起が削り出されていることを指摘します。辰巳氏によると、これは櫓《ろ》を漕ぐ際の支点となる櫓べそとみられる、ということです。そして「ゴンドラ形の屍床に棺を納めた後、霊船が無事に常世へと航行してゆけるよう、櫓杭《ろぐい》には櫓の実物が掛けられたことは間違いなかろう」と述べています。

辰巳氏の一連の指摘から、死者達は船に乗って死者の世界に赴く、という観念が古墳の船形木棺や壁画に表現されていることがわかります。そしてその観念は「太陽の船」型神話と深く結びついています。

なお北欧神話には王が海の彼方に葬送される、という事例があります。水野知昭氏は古英詩『ベーオウルフ』の冒頭部にデネ（デンマーク）の始祖王シュルド・シェーヴィングが海のかなたへ船によって葬送される描写があることを指摘します。氏はシュルドが幼少時に宝を満載した船に乗せられてこの土地に漂着し、当初は身寄りのない者とされたが異郷から海の波に揺られつつ漂着した幼児を神の子であるかのごとく崇め、はぐくみ申す者に養育され、やがて見事な成長をとげ、デーン王家の始祖となった、と述べます。[20]

幾多の偉業を成しとげた王が逝去すると、家臣達は王の生前の遺志に従い、亡骸を船に乗せます。船には数々の宝物や刀剣や鎧などの武具が安置され、きらびやかに飾られます。やがて船は悲しむ人々をあとに残し、海原へ押し出され、波の力に委ねられます。

水野氏は北欧の「流され王」の伝説からシュルドが漂着した時に乗せられていた船を揺り籠、シュルドの葬送の船を棺桶と捉えています。そして、棺桶であると同時に揺り籠の象徴も担う船にのせて海上を漂うことによって死せる王の再生が祈願されているのかもしれない、と指摘します。

ヒルコの船も前述のように多彩な象徴性を担っています。子の数に入れられず海に委ねられたヒルコの船は棺桶でもあります。しかし、前述のように神話世界ではヒルコの船の葦船の葦は生命の源でもありました。棺桶であり揺り籠でもある船に乗せられたヒルコはやがてエビスとして再生します。ヒルコは始原の神話に登場し、速やかに去っていったのです。

古代、古墳に葬られた死者達の中には夜の海を航海する者がいました。死者達の魂の行方とヒルコの船の行方は同じ、夜の海、死の海です。その海を越えて星になる者、永遠の世界に至る者がいたことを辰巳氏は述べています。それは夜の海を渡ることにより、死者が永遠の世界に再生したことを意味します。

一方、夜の海、死の海をさまよう者たちもいました。最も著名なのはワーグナーがオペラ化した『さまよえるオランダ人』のもとになった幽霊船の伝説です。オランダ人船長の乗る幽霊船は永遠の世界に再生することも、死者としての安息も許されず、死の海を彷徨《さまよ》います。その船は時々、現実世界で目撃されます。海が現実の海であると同時に他界の海でもある、という二面性を持つことがこの伝承からも了解できます。

この幽霊船の伝説は小説でも映画でも大変人気のあるテーマです。近年封切られ、評判となった映画、『パイレーツ・オブ・カリビアン』シリーズは荒唐無稽な内容ですが、海と海に生きる人々に対して陸の人間が抱いてきた伝奇的な思いが拡大して表現されています。

天空の水界

珍敷塚古墳の壁画では死者を乗せた船は夜の海から天上に上りました。それは、現実の夜空の銀河、こと星の群れである天の川の形状を反映しています。『万葉集』には月が舟で移動する、という歌があります。

天《あめ》を詠《よ》む（柿本人麻呂歌集の歌）
巻七‐一〇六八　天《あめ》の海《うみ》に　雲《くも》の波立《なみた》ち　月《つき》の舟《ふね》　星《ほし》の林《はやし》に　漕《こ》ぎ隠《かく》る見《み》ゆ
（天空の海に白雲の波が立って、月の舟が、星の林の中に、今しも漕ぎ隠れて行く）

月を詠む
巻十‐二二二三　天《あめ》の海《うみ》に　月《つき》の舟《ふね》浮《う》け　桂楫《かつらかぢ》　懸《か》けて漕《こ》ぐ見《み》ゆ　月人壮士《つきひとをとこ》
（天の海に月の舟を浮かべ、桂の楫を取り付けて漕いでいる。月の若者が）

これらの歌は天空を海になぞらえています。夜の空は万葉人にとって果てしない広がりを持っていました。その広がりの中、時間の経過とともに移動する月は、半月や三日月の形状もあいまって舟と見なされることがあったのです。

伊藤博氏は「月人壮士」を七夕歌の固定した素材でもある、と一〇六八の解説で述べています。[6] 作者名を記さない巻十の七夕歌群の内の一首は次のようになっています。

巻十‐二〇四三　秋風《あきかぜ》の　清《きよ》き夕《ゆふへ》に　天《あま》の川《がは》　舟漕《ふなこ》ぎ渡《わた》る　月人壮士《つきひとをとこ》

（秋風がすがすがしく吹く今宵、天の川に舟を出して漕ぎ渡っている。月の若者が）

二〇四三で月人壮士は舟で天の川を渡ります。一方、二二二三の月人壮士は天の海を舟で渡っています。月人壮士は七夕の夜、天空のあちこちに出没し、二星の恋の物語に彩りをそえているのです。

なお、月人壮士については作者名を記さない巻十の七夕歌群に次のような歌もあります。

巻十 - 二〇五一　天《あま》の原《はら》　行《ゆ》きて射《い》てむと　白真弓《しらまゆみ》　引《ひ》きて隠《こも》れる　月人壮士《つきひとをとこ》

（天の原を往き来して獲物を射止めようと、白木の弓を引き絞ったまま、山の端に隠っている月の若者よ）

二〇五一について伊藤博氏は「七夕の弓張月を、牽牛を射る構えを見せる弓に見たてた歌。（中略）月が渡り終えると牽牛の渡河が始まると考えられていたから、二星に思いを寄せる者には、弓張りの月人壮士が威張っていつまでも空にいてくれては迷惑である。威勢を示しながらもさっさと山に沈んで行った月を揶揄《やゆ》する中に、いよいよこれから二星の逢会が始まることへの期待や喜びの念をこめている」と述べています。

この歌では夜空の月は二星の逢引を邪魔する者として擬人化されています。七夕の日、万葉人が夜空をキャンバスに、二星と弓張月の物語を描いたことがわかります。

二〇五一に似た発想の歌として次の人麻呂歌集の歌があります。

巻十‐二〇一〇　夕星《ゆふつづ》も　通ふ天道《あまぢ》を　いつまでか　仰《あふ》ぎて待《ま》たむ　月人壮士《つきひとをとこ》

（宵の明星ももう往き来している天道、この天道を、いつまで振り仰いで彦星が川を渡るのを待っていればよいのか。月の舟の若者よ）

昼と夜のあわいの時間、夕にはすでに星がきらめき始めています。しかし、空にはまだ月があり、二星の逢瀬には早すぎます。二星への思いの深さが、夜の天体の中心である月を疎ましく思わせているのです。

『万葉集』にはツクヨミこと月の神が若返りの霊力を持つ若水、すなわち変若水《をちみづ》を持つ、とする歌が巻十三‐三二四五にあります。また大正十五年、N・ネフスキーは宮古島で人間に変若水を浴びさせそこない、罰として月の中で桶を持って立つアカリヤザガマの話を採集しました。[21]

酒井卯作氏は万葉の時代、月に対する感情には若返りの水、いいかえれば不死の思想があり、月から若水を持ってくる者は男だっただろう、と述べています。酒井氏は月人壮士の歌や中国におけるカツラオトコの俗信、すなわち大きい桂（モクセイ）の木を切る男が月に住むと言われていたことを指摘します。氏によると桂の男への信仰は日本に幽かに残っている、ということです。例えば高知県高岡郡黒岩村の願ほどきに「くもらぬ御代は久方の、月の桂の男山、げにさやけき影にきて」とあり、「君万歳を寿ぐこの神詞の中にも月に住む桂男にそれを祈る風習が古くからあったことがわかる」と述べてい

宮古島の井泉ヤマトガー

ます。[22]

月には若返りの水がある、月には仙女がいる、など月に対して古来、人々は様々なイメージを描いてきました。月の夜空の運行と七夕の伝承が結び付いた時、『万葉集』では月人壮士は天の川をはさむ恋人達の物語を彩る者となりました。あるいは無数の星のきらめく天空の海を渡る舟を操る者、とイメージされるようになったのです。

なお巻十の秋雑歌の「七夕《しちせき》」には九十八首もの歌が収録されています。巻十の秋雑歌は全部で二百四十三首です。他には「花を詠む」が三十四首、「雁を詠む」が十三首、「鹿鳴《ろくめい》を詠む」が十六首、「蟬《せみ》を詠む」が一首、「蟋蟀《こほろぎ》を詠む」が三首、「蝦《かはづ》を詠む」が五首、「鳥を詠む」が二首、「露を詠む」が九首、「山を詠む」が一首、「黄葉《もみち》を詠む」が四十一首、「水田を詠む」が三首、「川を詠む」が一首、「月を詠む」が七首、「風を詠む」が三首、「芳《か》を詠む」が一首、「雨を詠む」が四首、「霜を詠む」が一首、となっています。この内の「芳を詠む」の二一三三の歌は峰一面に生えている松茸の香りのよさを讃えたとても珍らしい歌です。

この雑歌の題材と歌の量からわかるように、七夕はとても万葉人に好まれたテーマでした。七夕の主人公、牽牛と織女は一年に一度、七月七日にしか逢瀬を楽しむことができませんでした。天の川を隔てられ逢うに逢えない二人の物語は奈良時代に中国から流入して広まっていった、とされています。『日本書紀』の歌謡には天で機織りをする玉を首に掛けた神的女性のオトタナバタが謡われており、そういった女性像も織女と習合したと考えられます。

奈良時代の婚姻形態は男女が別々の家に住み、男が夜、女のもとに通っていく、というものでした。その通い婚において、男はある時は悪路を辿り、ある時は小舟に乗り、ある時は覚束なく滑りやすい飛び石を伝い、女のもとに通いました。通う男と待つ女、というあり方は万葉時代の恋の歌群に通底しています。人々にとって七夕の物語はとても他人事とは思えず、わがことのように思い入れをし、作歌したのではないでしょうか。七夕の歌群は単なる秋の雑歌の一景物ではないのです。

また織女のように機織りをする女性は織機と身体を一体化し、リズミカルな動きを取りながら、思いを愛する男性に馳せていました。次のような歌に織女の思いが表現されています。なお二〇六六は七夕の夜が明けた八日の早朝、織女が牽牛を送りだす時の歌です。

巻十‐二〇六四　いにしへゆ　織《お》りてし服《はた》を　この夕《ゆふへ》　衣《ころも》に縫《ぬ》ひて　君待《きみま》つ我《わ》れを

（ずっと以前から織り続けてきた織物、その織物を、この七夕の宵には着物に縫いあげて、あの方のお越しをお待ちしている私なのです）

巻十‐二〇六五　足玉《あしだま》も　手玉《ただま》もゆらに　織《お》る服《はた》を　君《きみ》が御衣《みけし》に　縫《ぬ》ひもあへむかも

（足飾りの玉も手に巻いた玉も、ゆらゆらと音を立てるほどに一心に織っている織物なのに、これをあの方の着物に縫いあげることができるだろうか）

巻十‐二〇六六　月日《つきひ》おき　逢《あ》ひてしあれば　別《わか》れまく　惜《を》しくある君《きみ》は　明日《あす》さへもがも

（長い年月を隔ててやっとお逢いしたこととて、お別れするのが惜しまれてならないあなた、
あなたは今晩もまたいらして下さればよいのに）

万葉時代、養蚕が徐々に普及し、麻のような植物繊維のほか、繊細で美しく高価な絹織物も織られるようになりました。神話にはアマテラスが蚕の繭《まゆ》から引いた糸で絹織物を織った、という記述があります。絹織物の故郷の中国は、七夕伝承の故郷でもあります。七夕伝承と自らの恋物語を重ね合わせ、織物とともに自分の恋の思いを織りなす女性達の息吹も、七夕歌から感じ取ることができます。

伊藤氏は月の舟という発想が文武天皇の『懐風藻《かいふうそう》』の漢詩にあることを『萬葉集 釋注 四』で指摘しています。文武天皇の「五言、詠月一首」には「月舟は霧の渚に移り、楓《ふう》檝《しゅう》は霞の浜に泛《うか》ぶ」という詩句があります。伊藤氏は人麻呂歌集の歌は忍壁《おさかべ》皇子・弓削《ゆげ》皇子など、天武天皇の皇子たちの宴の座で披露されたと見られる歌が多い、と指摘しています。[6]

奈良時代の文学世界において、月は擬人化されたり、舟で夜の天空の海を航海する、と見立てられたりしました。その発想の一部は高貴な人々の座のものであり、必ずしも一般的とは言えません。ただ、天空に海や川、すなわち水界を観想することは、前掲の珍敷塚古墳の壁画に共通する認識です。

『銀河鉄道の夜』・銀河と海

天空に水界を観想する認識のもとに書かれた近代の文学作品が宮沢賢治の『銀河鉄道の夜』です。周知の通り、『銀河鉄道の夜』は級友を助けようとして川で溺死したカムパネルラの死後の旅にジョバンニが途中まで同道した体験を描いています。

松田司郎氏は「地上と天上は地続きの世界である」と捉え、その証が川である、と述べています。そして次のような指摘をしています。[23]

川は町を縫って流れ、その果ての空と接する水平線において、ごく自然に天空へ流入するのである。列車は「川」に沿って走る。地上の川はいつのまにか天空の「天の川」に変わる。カムパネルラは「川」で溺れ、「川」を旅して、天上の死の国へ至る。

また「川」はその水面に天空を映すものである。地上は天空を映しとることによって、容易にその位置を逆転することができる。死の国は天上にあると同時に、地上にも存するのである。

この地上の水界から天空の天の川へ至る死者のあり方は、前掲の辰巳和弘氏の珍敷塚古墳壁画の分析に類似しています。

『銀河鉄道の夜』には、ガラスよりも水素よりもすきとおって、ときどき眼の加減かちらちらと紫いろのこまかな波をたてたり、虹のようにぎらっと光ったりしながら、声もなくどんどん流れて行く天の川、銀河の流れの中の白い十字架の立った白鳥の島や「プリオシン海岸」、天の川の中から一本の木のように立って輝く十字架、サウザンクロス、などが描写されています。[24]

白鳥座の星を結ぶと十字の形となる部分があり、ノーザンクロス、と呼ばれています。白鳥座には明るい一等星のデネブがあり、夏の夜空の指標となっています。またサウザンクロスこと南十字星は日本本土からは見えませんが、大航海時代、航海の指標として重宝された星座で、よく知られています。

白鳥停車場近くの銀河の傍らにはかつて海水の波が打ち寄せた海岸があったといいます。百二十万年前には海岸で、今は化石が掘り出される「プリオシン海岸」の発掘は眼鏡をかけた学者らしい責任者と助手三人によって行なわれています。責任者は「君たちは参観かね」と二人に声を掛け、助手達には丁寧に発掘をするように指示し、使用する道具を指定します。天空には天空の地層を探究する学者がいて、地層には過去が堆積しているのです。

責任者は発掘されたくるみや貝がら、また今の牛の先祖の原牛、ボスというけものの骨についてジョバンニとカムパネルラに説明します。彼は化石を標本にするのか、という問いに対して次のように答えます。

「いや、証明するのに要るんだ。ぼくからみると、ここは厚い立派な地層で、百二十万年ぐらい前にできたという証拠もいろいろあがるけれども、ぼくらとちがったやつからみてもやっぱりこんな地層に見えるかどうか、あるいは風か水やがらんとした空かに見えやしないかということなのだ。わかったかい（以下略）」

この人物は天空の銀河の上流の崖の下の地層を学問的に研究し、銀河のあたりがかつて真水ではなく海水の洗う海岸だったことを証明しようとしています。彼はまた、自然科学の思考を持っており、『銀河鉄道の夜』の物語の枠の外を認識しています。現実の人間が銀河、こと夜空の星の群れを川の流れと見立てるにしても、あとは風が通うだけのがらんとした空としか思わない、ということを彼は知っています。

宮沢賢治は花巻市の北上川と猿ヶ石川の合流地点をイギリス海岸と命名していました。『新宮沢賢治語彙辞典』は賢治がその名を付けた理由として、川に沿って青白い凝灰質《ぎょうかいしつ》の泥岩が広く露出し、イギリスあたりの白亜の海岸を歩いているような気がするから、と述べていることを紹介しています。[25]

このイギリス海岸のイメージは『銀河鉄道の夜』のプリオシン海岸に投影されています。プリオシンとは地層年代を意味します。賢治はかつて海の渚だったイギリス海岸でバタグルミ（くるみ）の化石を採取しており、その化石は岩手県師範学校教諭、鳥羽源蔵を通じて東北帝国大学助教授の早坂一郎の手に渡り、早坂は賢治の案内で実地踏査を行ない、「地学雑誌」に論文を発表しました。

銀河鉄道の乗客である鳥捕りは鉄道を不完全な幻想第四次の存在と言います。この鉄道は天空の世界の住人と死者達を運びます。現実の世界の川べりの崖を発掘し、その地層に太古の海に生きた生物の痕跡があったなら、自然科学的にその地層は太古の海、とみなされます。同様に天空の死者の通い路の銀河鉄道の線路付近の地層の中にも過去が堆積します。その過去は海、まさに夜の過去の海です。

万葉歌の作者は天空に恋人同士を隔てる天の川や月が航海する海を観想しました。宮沢賢治は銀河の深奥に過去の海の痕跡を見たのです。

田口昭典氏は宮沢賢治のシャーマン性に注目します。田口氏は童話、『楢《なら》ノ木大学士の野宿』の宝石学の専門家の大学士の

オパール

もとに、上等の蛋白石（オパール）の注文に来た人物と対応する言葉を紹介し、「楢の木大学士はもう神憑《かみがか》りの状態であることが分かる」と述べます。[26]

大学士は過去のルビー発掘のいきさつを次のように語ります。[27]

「僕は実際、一ぺんさがしに出かけたら、きっともう足が宝石のある所へ向くんだよ。そして宝石のある山へ行くと、奇体に足が動かない。直覚だねえ。いや、それだから、却って困ることもあるよ。たとへば僕は一千九百十九年の七月に、アメリカのヂャイアントアーム会社の依嘱を受けて、紅宝玉《ルビー》を探しにビルマへ行ったがね、やっぱりいつか足は紅宝玉の山へ向く。それからちゃんと見附かって、帰らうとしてもなかなか足があがらない。つまり僕と宝石には、一種の不思議な引力が働いてゐる、深く埋まった紅宝玉どもの、日光の中へ出たいといふその熱心が、多分は僕の足の神経に感ずるのだらうね。その時も実際困ったよ。山から下りるのに、十一時間もかかったよ。けれどもそれがいまのバララゲの紅宝玉坑さ」

楢の木大学士はビルマ（ミャンマー）でルビーを求め、直覚でルビー鉱山を発見します。ところが帰ろうとしても日光の中へ出たいというルビーの原石が大学士を中々離さず、山から下りるのに十一時間もかかった、というのです。大地の奥に埋れるルビーの原石と大学士には神秘的な感応性があり、それを田口氏は神憑りと捉えたのです。

田口氏は楢ノ木大学士が蛋白石を求め、岩手県の葛内川上流で野宿し、三晩にわたって不思議な夢を見たことは、賢治の葛内川（北上川の一支流）での地質調査の実体験の反映であろう、とします。

大学士の夢とは、溶岩が固まって出来た岩頸《がんけい》の四つの峯の論争（第一夜）、千五百万年前に生成した花崗岩《かこうがん》の成分である角閃石《かくせんせき》、黒雲母《くろうんも》、正長石《しょうちょうせき》、斜長石《しゃちょうせき》、石英《せきえい》、磁鉄鉱《じてっこう》などの小さい声での論争（第二夜）、海岸の頁岩《けつがん》の洞穴で白亜紀の爬虫類の骨格を探そうとしたところ、雷竜がうじゃうじゃいる中で絶体絶命になった（第三夜）、というものです。

田口氏はこの夢について「マクロからミクロの世界、そして、現在から過去へ、異なる

犬吠崎の白亜紀浅海堆積物

漸新世の二枚貝の化石

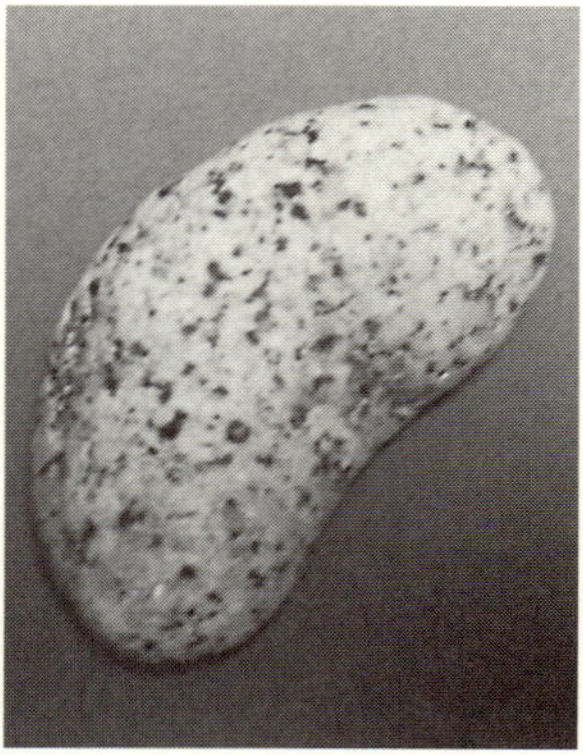

花崗岩

時空へとその夢が羽ばたくのである。賢治は、人間の霊ではない、山や川、石や化石、草や木からも、その魂の語りかけを受容出来たと言ってよい、原始時代のシャーマンでは無く、発達した科学の洗礼を受けた、近代的なシャーマンとも言えるのではないだろうか」と述べています。

『銀河鉄道の夜』の銀河の傍らでは白い柔らかな岩の中から大きな青じろい獣の骨が横に倒れて潰れたふうになって掘り出されると同時に、蹄の二つある足跡のついた岩も切り取られて番号をつけられていました。

賢治は近代的なシャーマンの資質を以て、銀河近くの百二十万年前の地層に偶蹄目《ぐうていもく》の足跡を残した牛の祖先、原牛ボスの青白い骨とくるみ、そして貝がらの化石を見ました。それ以上に深い層、すなわち夜の天空の世界に海が広がり、原牛のボスが歩き、くるみが樹で生りやがて転がり落ち、太古の海に貝がいた時の情景を地上のシャーマンが見ることはできません。やがて銀河鉄道に乗った時、シャーマンはその光景を見るのかもしれません。

地上の人間が夜の空を見上げると銀河が見えます。銀河の深奥に海があった、と宮沢賢治は観想しました。そのかつての天空の夜の海は無限の広がりを持っていたはずです。

天の海に月の舟が漕ぎゆく、月人壮士が舟を漕ぐ、と万葉歌人は歌いました。それらの歌は天空を海と見立てる面白さに重点が置かれています。しかし海を夜の天空に投影する、という発想は『銀河鉄道の夜』の一部分と通じるものがあります。

『銀河鉄道の夜』・瀕死体験

中村文昭氏は『銀河鉄道の夜』で、多くの乗客が下車した南十字の駅のあと、二人きりになったジョバンニとカムパネルラが石炭袋（ブラック・ホール）を通って以降、別の風景を見ていることを指摘します。

その本文は次のようになっています。

ジョバンニはそっちを見てまるでぎくっとしてしまいました。天の川の一とこに大きなまっくらな孔がどおんとあいているのです。その底がどれほど深いかその奥に何があるかいくら眼をこすってのぞいてもなんにも見えずただ眼がしんしんと痛むのでした。ジョバンニがいいました。

「僕もうあんな大きな暗《やみ》の中だってこわくない。きっとみんなのほんとうのさいわいをさがしに行く。どこまでもどこまでも僕たち一緒に進んで行こう。」

「ああきっと行くよ。ああ、あすこの野原はなんてきれいだろう。みんな集ってるねえ。あすこがほんとうの天上なんだ。あっあすこにいるのぼくのお母さんだよ。」カムパネルラはにわかに窓の遠くに見えるきれいな野原を指して叫びました。

ジョバンニもそっちを見ましたけれどもそこはぼんやり白くけむっているばかりでどうしてもカムパネルラがいったように思われませんでした。何ともいえずさびしい気がしてぼんやりそっちを見ていましたら向うの河岸に二本の電信ばしらがちょうど両方から腕を組んだように赤い腕木をつらねて立っていました。

「カムパネルラ、僕たち一緒に行こうねえ。」ジョバンニがこういながらふりかえって見ましたらそのいままでカムパネルラの座っていた席にもうカムパネルラの形は見えずただ黒いびろうどばかりひかっていました。

ジョバンニは石炭袋の孔に眼が痛むほどの暗黒を見ています。孔がジョバンニにとって拒否的な闇なのは、彼が孔の彼方の天上の死者の世界へ行く資格をまだ持たないからです。

一方カムパネルラは「あすこの野原」を「ほんとうの天上」と呼び、そこに「お母さん」がいると述べますが、ジョバンニには「ぼんやり白くけむっているばかり」の光景しか見えていません。中村氏はこの語りから「二人がブラックホールのような天の孔を目撃したとき、銀河鉄道は即座にその孔の中に入った」と考察します。そして、孔の中に入ることで堅い絆に結ばれていた二人は生の国と死の国という対極の方向へと分解されてしまう、と語ります。[28]

『新宮沢賢治語彙辞典』の「石炭袋」の項には「天の川中の暗黒星雲の呼称。南十字星近くのものが一番有名だが、北十字近くのものも呼ぶことがある。暗黒星雲とは星間物質の集合体で、後方の光を遮蔽するために暗く見える。（中略）一般に銀河（小宇宙）の赤道面に集中して現れるため、天の川（銀河系を真横から眺めた姿）の中央部分に、暗黒部分が多く存在する」とあります。このことは『銀河鉄道の夜』の石炭袋や孔が実際のブラックホールのあり方をふまえていることを示しています。

山根知子氏は「孔はトンネルのような向う側へ突き抜けたイメージであること、場面や物語の底や向うにもう一つの異空間が、異界や異次元の謎めく世界があり、そこへ、突き抜けるタイムトンネルのようなはたらきをしている」・「賢治は南北両石炭袋を、異次元世界に通じる穴（孔）、すなわち冥界と現世を結ぶ通路として作品を構成したことになる」という『新宮沢賢治語彙辞典』の指摘をふまえ、「ジョバンニは、北の「そらの孔」で三次元空間から「不完全な幻想第四次の銀河鉄道」に移り、南の孔で逆に現世に戻ってゆくのである」と述べます。[29]

これらの一連の指摘から、ジョバンニはカムパネルラの死後の旅に北十字から南十字まで同道したことがわかります。死後の旅への同道は、河合隼雄氏が『銀河鉄道の夜』は賢治自身の瀕死体験を基礎として書かれたのではないか、という推察と結びつきます。[30]

河合氏はまず、アメリカの精神科医、レイモンド・ムーディが一九七五年に出版した『かいまみた死後の世界』で瀕死体験を数多く集め、分析したことを指摘します。瀕死体験、あるいは臨死体験とは、医者が医学的に死んだと判定した後に奇跡的に蘇生した人の体験、および事故、病気などで死に瀕した人の体験です。

河合氏はムーディによる理論化された瀕死体験の典型をあげます。それを要約すると、死の宣告後、耳障りな大きく響きわたる音、長く暗いトンネルの中を猛烈な速度で通り過ぎているような感じ、肉体からの離脱、蘇生術が施されている肉体の府瞰《ふかん》、すでに亡くなった親しい人々の霊が近くにいる気配、光の生命との出会い、光の生命とともに行なう生涯の総括、現世と来世の境い目に近付く感覚、現世に戻らなければならない知覚、死後の世界の体験に圧倒されつつ肉体と結合し蘇生する、となります。

河合氏は『銀河鉄道の夜』の記述にムーディによる瀕死体験の記載と一致または類似する記述があまりにも多い、と述べます。そして『銀河鉄道の夜』と賢治の最愛の妹、とし子の死の関連に言及し、「賢治の場合は、常人のような悲しみや嘆きの段階を通り越し、彼の類稀れな宗教性のためにムーディの記述しているように瀕死体験をもつことになったと思われる。あるいは、彼の妹に対する深い共感性の故に、妹の死出の旅路に行ける限り同行した―ジョバンニがカムパネルラにそうしたように―と言うべきであろう」と述べます。

河合氏はムーディが瀕死体験の最初の部分に耳障りな音やトンネルの感じがあることと銀河鉄道がごとごと走っている描写、瀕死体験においてたびたび語られる「生命の光」の輝きと「億万の蛍烏賊《ほたるいか》の火を一ぺんに化石させて、そこらじゅうに沈めたという工合」という賢治の描写するこの世ならぬ光の描写がつながるものと思われる、と指摘します。また氏は瀕死体験において「絶望的なほどの孤独」が感じられることと、ジョバンニが銀河鉄道の旅の間に感じる孤独感の描写についても言及しています。

そして河合氏は「『銀河鉄道の夜』と瀕死体験の類似は、このような細部にわたるもののみならず、全体として感じとられる、この世ならぬ透明さという点と、確かにこの世のことでないことは明らかでありながら、単なる絵空事ではないしっかりとした実在感という点にも認められる。」と指摘します。

『銀河鉄道の夜』には黒曜石でできている地図、平屋根の上に青宝玉（サファイヤ）と黄玉（トパーズ）の大きな二つのすきとおった球が輪になって静かにくるくる回るアルビレオ（白鳥座β星）の観測所、月長石（ムーンストーン）ででも刻まれたようなすばらしい紫のりんどうの花、真珠のようなとうもろこしの実、昼の間にいっぱい日光を吸った金剛石（ダイヤモンド）のような露が赤や緑やきらきら燃えてとうもろこしの葉の先にいっぱいついて光る、などの描写があります。

また、兄弟が吹雪の中で道を失い、二人で幻想の世界に迷い込み、鬼達に追われた末に如来によって救済され、兄だけが生還し弟は死ぬ、という一種の瀕死体験を描いた賢治の『ひかりの素足』において、如来の世界の真っ青な湖面のような地面は孔雀石（マラカイト）の色に何条もの美しい縞ができており、建物をつなぐ橋廊には真珠のように光る欄干《らんかん》がついており、たくさんの樹は宝石細工としか思われず、楊《やなぎ》に似た木で白金（プラチナ）のような小さな実がなっているものもあった、と描写されています。

河合氏は前述のように『銀河鉄道の夜』と瀕死体験の類似は、「この世ならぬ透明さという点」と「絵空事ではないしっかりとした実在感という点」に認められる、と述べています。『銀河鉄道の夜』や『ひかりの素足』などの瀕死体験を描いた世界は、この世のものでありながら自然の水流や人工の研磨によって別次元の透明感と輝きをたたえる天然石や宝石が効果的に配置される、という側面があったことを指摘しておきます。

『銀河鉄道の夜』・銀河と牛乳

鎌田東二氏[31]や田口昭典氏[26]は宮沢賢治にシャーマン性を認めています。また上田哲氏は賢治の作品には神秘体験の反映を感じさせるものが少なくないこと、実際に賢治がエクスタースによる他界体験をしたことを裏付けるメモ「◎わがうち秘めし　異事の数、　異空間の断片」があることを指摘します。上田氏は異空間の記載の前に〈幽界のこと〉と書いて棒線で抹消した跡のあることから〈異空間〉は幽界、死後の人間の魂が行くところという、と述べています[32]。

田口氏は宮沢賢治の農学校時代の教え子の思い出話の中で、「…ついさっき、この道をおじいさんが一人通っていった。君らみたか？　二人でいや眠っていたと答えると、先生は、とても人相のよいニコニコしたおじいさんだった。背中に大きな袋をかついでいたが…ただ先生にはわたしら俗人には見えないものが見える人だった…」とあることを紹介し、生徒達には見えないが、賢治には霊魂の通って行ったのが見えたに違いない、と述べています。

また田口氏は、月夜に同僚の前で賢治が突然両手を高くあげて脱兎のごとく麦畑へ入っていき、手を左右や高低に振りながら向うに行ったり引き返したりした後に路上の草に腰を下ろして大きな溜息をついたことがあった、ということを紹介します。同僚が賢治に「いま何をしたのですか」と問いかけたら、賢治は「銀の波を泳いできました」と言った、ということです。氏は同僚の言葉として「月光を浴びて、風にゆらぐ麦の穂が銀の波と感ぜられる宮沢さんの鋭い感覚は全く神秘の力を宿している。」を伝えています。

田口氏は、他にも賢治の神秘的な体験に触れた人々の覚書を紹介しています。このことは、田口氏や鎌田氏が述べるように賢治がシャーマン性、それもごく強いシャーマン性を持っており、親しい人々の前ではその性向の発露を統御しなかったことを意味しています。一方、賢治が作品の中でシャーマン的なものや仏教色の強いものを巧妙に遮蔽《しゃへい》し、我々の目にストレートに触れることは少ない、とも田口氏は指摘しています。

このシャーマン性は文学、特に詩の本質と深く関わる事象でもあります。山本幸司氏は鎌倉幕府の三代将軍、源実朝が予言能力を時々発揮していたこと、また諸国の日照りの際、実朝が僧栄西《えいさい》に頼んで自ら出家の守る八種の戒律を守りながら法華経を読誦《どくじゅ》した結果、雨が降ったことを指摘します。山本氏は鎌倉幕府の歴史書、『吾妻鏡《あずまかがみ》』が、かつて皇極《こうぎょく》天皇が祈雨の儀礼を行なったところ雨が降ったという事象を引き合いに出し、将軍家が懇切に祈ったためで皇極天皇とその志を同じくするものだ、と賞賛している、と述べます。そして自然の力に依存する社会にあって、政治的な統治と並んで重要なのは治病と天水の統御能力で、実朝がレイン・メーカーの霊能まであわせ持つ人物と描写されることの重要性を指摘します。[33]

山本氏は実朝が『万葉集』の防人

鶴岡八幡宮の在りし日の大銀杏
（実朝暗殺現場）

歌の名残を引く優れた叙景歌を『金槐《きんかい》和歌集』に残していること、そして詩の能力とは天賦《てんぷ》のものであり、詩と予言者的能力は密接に連なるものである、と述べています。宮沢賢治もまた実朝と同じように神秘的なシャーマン性を持っており、その資質と彼の文学性は密接に結びついていたのではないでしょうか。

賢治はシャーマン的な資質を以て瀕死体験を経験し、人間が知覚できる地点まで死後の世界を旅しました。その旅は夜の海を古層に秘める銀河とともにあったのです。日本で死者は此岸と彼岸の境界の三途の川を渡る、とされています。また、ギリシア神話においても死者は河を渡ります。そして死者達の王、ハデスの統べる冥界にはアケロン河（悲嘆の河）、コキュトス河（号泣の河）、ステュクス河（誓いの河）、レテの河（忘却の河）が流れています。[34] 水界は神話において生と死の分岐点であると同時に、死の世界への通路でもあります。

松田司郎氏は前掲のように川がその果ての空と接する水平線においてごく自然に天空へ流入すること、そして「川」はその水面に天空を映すものであり、地上は天空を映しとることによって、容易にその位置を逆転することができること、そして死の国は天上にあると同時に、地上にも存するのである、と述べます。[23]

この指摘はカムパネルラが溺れたことを聞いたジョバンニが川を見た時、「下流の方は川はばいっぱい銀河が巨《おお》きく写ってまるで水のないそのままのそらのように見えました。ジョバンニはそのカムパネルラはもうあの銀河のはずれにしかいないというような気がしてしかたなかったのです。」という本文を説明しています。地上の川で他者のため、すなわち溺れかけた級友ザネリを助けようと命を投げ出したカムパネルラは天空の銀河のはずれにしかいません。その銀河は地上の川と相似形をなしています。

松田氏の指摘は日本古代、死者が夜の海、死の海という水界を越えて天の河へ至り星になる、という前述の観念と通底しています。中村文昭氏は宮沢賢治の『よだかの星』について、「よだかはじぶんの生きる本当の場所を求め夜空をさまよい、力尽きて星になる。命あるもの死してのち星となる。この夢想は賢治じしんの命にたいする祈りでもある。「銀河鉄道の夜」のジョバンニによだかのキャラクターが受けつがれており、死して星となるテーマは死者カムパネルラの生を予感させる。」と述べています。[24] 賢治の展開する世界は、中村氏が述べるように賢治自身の祈りでありますが、それと同時に古代日本の古墳壁画にも通じる世界観が表現されています。

なおジョバンニがカムパネルラの姿を見失い、力いっぱいはげしく胸をうって叫び、それからもう咽喉《のど》いっぱい泣きだし、夢から覚めた後、彼は母のために牛乳を取りに行きます。銀河鉄道の旅の前、ジョバンニは牛乳屋へ配達されなかった牛乳を取りに行きますが、留守番の女性に後で来てくれ、と言われます。『銀河鉄道の夜』の最後の場面でジョバンニは母のもとへ牛乳を持って行こうと河原を街の方へ走ります。この牛乳のエピソードは『銀河鉄道の夜』の銀河に対応しています。

天の川こと銀河の英名はミルキーウェイであり、ギリシア神話の女神ヘラの乳の流れ、とされます。ヘラの乳は飲むものに永遠の命を与えます。ギリシア神話では、最高神ゼウスが自分とアルゴスの王女アルクメネとの間に生まれたヘラクレスに永遠の命を与えるために、ヘラの乳を吸わせようとします。ゼウスの命を受けたヘルメスがヘラクレスを抱いてヘラの寝室に忍び込み、ぐっすり眠るヘラの乳を吸わせます。しかし、ヘラクレスがあまりに強く吸ったため、ヘラは痛さに眼を覚ましてヘラクレスをはねのけました。ヘラクレスはヘラの乳を飲んだため不死身になり、こぼれ落ちたヘラの乳が銀河となった、ということです。[34]

　銀河鉄道の旅の前の「お母さん。今日は角砂糖を買ってきたよ。牛乳に入れてあげようと思って。」というジョバンニの母への言葉、そして牛乳屋の留守番の女性への「おっかさんが病気なんですから今晩でないと困るんです。」という言葉は、ジョバンニが牛乳を病人にとって精のつく滋養ある飲み物、と認識していることを意味します。牛乳は女神の乳に遥かに及ばなくとも病気の母に役に立つ飲み物、とみなされています。

　一方、銀河の河原の礫《こいし》はみなすきとおり、水晶や黄玉やくしゃくしゃの皺曲《しゅうきょく》をあらわしたのや、稜《かど》から霧のような青白い光を出す鋼玉《こうぎょく》で、あやしい銀河の水は水素より透き通り、二人の手首の水にひたったところが少し水銀色に浮いたように見え、手首にぶつかってできた波は美しい燐光《りんこう》をあげてちらちらと燃えるように見えた、と描写されています。銀河の河原の礫は水晶（クリスタル）、黄玉（トパーズ）、そして水の流れによって強く攪乱《かくらん》されて磨耗《まもう》し、自然に研磨されて水磨礫《すいまれき》となることがある縞状模様を持つ瑪瑙《めのう》や、コランダム（鋼玉）の中でも青いサファイヤ、などです。[35]そして水は妖しいほど透明で、水銀色に見えたり動きによって自ずから光を発し青白い燐光《りんこう》をあげて燃えるように見えました。

透明な天然石や宝石が河原の礫であり、水銀色や燐光をあげるように見える水の世界は美しいです。しかし、そのような鉱物質で無機的な世界では現実の生命は生きられません。ガラスよりも水素よりも透き通った銀河の水は物語では死の世界の水であり、現実の牛乳の対極をなしています。

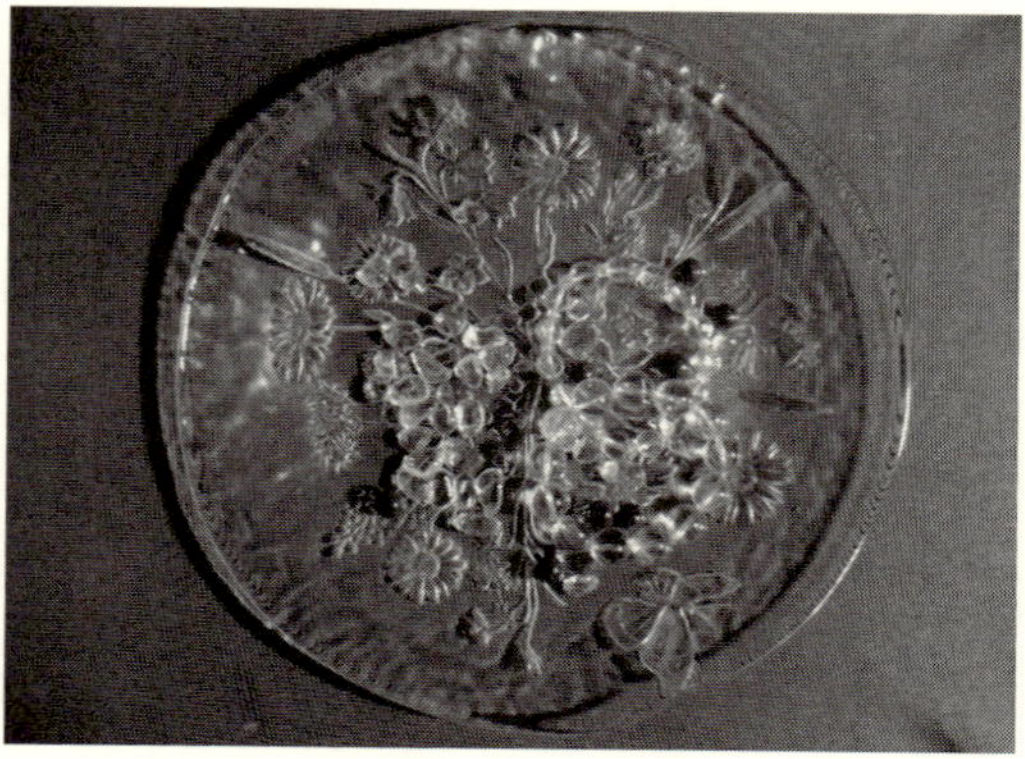

クリスタルとサファイヤ

『銀河鉄道の夜』・タイタニック

銀河とともに銀河鉄道は走ります。その乗客である死者達の中には川で溺れたカムパネルラのほか、夜の海で命を落とした人達もいました。夜の海で溺れ、銀河鉄道の旅に加わり、やがて南十字で下車していった家庭教師の青年とかほる、タダシの姉弟です。彼らは氷山にぶつかった船に乗っていました。

この一行がいかなる経緯で銀河鉄道に至ったかは、青年の口から細かく語られます。氷山にぶつかった船、ぼんやりした月明かり、深い霧、ボートに乗り切れない人々、小さな人たちを乗せてくださいと叫ぶ青年、道を開け子供たちのために祈ってくれた人々、ボートのところまでひしめく大勢の小さい子供たちや親たち、前にいる子供を押しのけ切れなかった青年、子供らをボートに乗せ、船上に残った母の送る狂気のようなキスと悲しみをこらえて立ちつくす父、ずんずん沈む船、子供たちを抱いて浮かべるだけ浮かぼうとした青年、飛んできたが滑ってずっと向うへ行ってしまったライフブイ、甲板の格子にとりつく三人、いろいろな国語で歌われるうた、水に落ち渦に入ったかと思いながら子供たちを抱き、ぼうっとしたと思ったらもうここに来ていた、と青年は語ります。

この記述はタイタニック号沈没事件をモデルとしている、という指摘がなされてきました。山根知子氏は一九一二（明治四五）年四月一四日の夜に起こったイギリスの豪華客船タイタニック号の沈没の最初の報道が「東京朝日新聞」の四月一八日付でなされ、同日の「岩手日報」「岩手毎日新聞」「岩手公論」でも「東京電報」欄に載せられていること、内容的にはほぼ同じであることを指摘します。そして、のちの経過の報道は中央と地方で落差があり、「岩手日報」等では記載されなくなる、と述べています。また山根氏はタイタニック号沈没事件の時、賢治は盛岡中学四年の寄宿舎生活をしており、この事件を素材としていると思われる賢治の詩や童話が生まれる時期までには十数年の隔たりがある、と指摘しています。[28]

山根氏によると事件の第一報の後、同年の五月末に海を見たことがなかった賢治が修学旅行で石巻、松島に立ち寄り、初めて海を見たばかりでなく、荒れた外洋に出て巨大な波濤が甲板を洗う情景も見て船酔いを経験しました。また、一九二二（大正十一）年夏、賢治は仙台でレコードを買った帰りに乗った塩釜から松島への遊覧船が転覆し、海に投げ出され、レコードを海の底へ沈めてしまいました。それらの実際の海での体験も、作中の氷山にぶつかって沈んだ船の記述に投影されている、といいます。

ところで実際のタイタニック号沈没の夜は晴天であったのに対し、作品では「霧が非常に深かった」となっています。山根氏は妹トシの挽歌群が生まれた津軽海峡と宗谷海峡を渡る船旅で賢治が深い霧に遭遇し、中学生の時の船旅を

松島の海

思い出し、その思い出と結びついたタイタニック号事件が想起され、賢治の心象のなかでつながった、と想定します。そして宗谷挽歌において賢治自身が海に落ちていく心象を体験し、「ほんたうにその水を噛む」思いになりきって詩作していることも指摘しています。

また山根氏は賢治がこの事件に関心を寄せた理由のひとつに沈没の際に実際に歌われた讃美歌「主よみもとに」がある、と指摘します。賢治は妹トシが日本女子大学校に在学中、帰省のたびにトシが覚えて帰った讃美歌を弟妹達とともに歌っており、この曲への親しみが増していた、ということです。そして、タイタニック号の史実において実際にあらゆる国の人々の心を信仰的にひとつにした出来事、そして言葉の違いが乗り越えられ精神的な一致を見た状態を賢治は理想的に捉えていたことは確かだろう、と述べています。

山根氏はタイタニックと霧を結びつけた賢治の詩、「〔今日もまたしやうがないな〕」があることを指摘します。その詩は次のようになっています。

正門の前を通りながら

先生さよならなんといふ
いったい霧の中からは
こっちが見えるわけなのか
さよならなんていはれると
まるでわれわれ職員が
タイタニックの甲板で
Nearer my God か何かうたふ
悲壮な乗客まがひである

この詩は日常の勤め先である学校が霧に取り巻かれることにより、賢治にとって一種の異空間に変容したことを示しています。

スコットランド高地地方に伝わるゲール語の古歌集『オシアン』の「タイモーラ　第五の歌」では猛々しい戦士フォルダが「敵の勇将は地にまみれるぞ　山の下の湖畔に石積み

が立てられるだろう　最期の歌など歌われないぞ　弱弱しい暗い亡霊が　野の蘆沼の畔を霧にまぎれてさまようだろう」と言います。自分に殺害された者達が石積の下に葬られ、亡霊が空しく霧に紛れてさまようだろう、というのです。

また「タイモーラ　第七の歌」ではフィンガル王の亡き息子、フィランの亡霊が「沼の霧の中で　悲しみに沈み　歎きながら　下を俯《うつむ》向いた　風に吹かれて姿ができ　すぐに高貴な姿にかえった　霧でできた、突風のような髪で、落着いた俯向きかげんの顔つきにもどった」とあります。[36]

霧は『オシァン』の歌群の中で亡霊のイメージと深く結びついています。朧《おぼろ》な霧が岩とヒースの荒涼とした雄大な風景に立ち込めた時、現実と死の世界の境界が不分明になり、亡霊が立ち現れるのです。

賢治は霧の中の異空間でタイタニックの船に取り残された乗客の心を感じ取ったのです。シャーマン性を持つ賢治にとって、時空を隔てた死者達への強い共感性が霧によって呼び覚まされた、とも言えるでしょう。霧は賢治にとって『オシァン』の歌世界の霧のように、死者と深く繋がっています。『銀河鉄道の夜』の中で船が難破した夜を深い霧に設定したのは賢治にとっての文学的必然かもしれません。

タイタニック号沈没事件は思春期の賢治に強い印象を残しました。後年の海での様々な体験や妹トシと弟妹の讃美歌の歌声の記憶、そして賢治の宗教性があいまって『銀河鉄道の夜』の印象的なエピソードが成立したことがわかります。

家庭教師の青年と姉弟は海で命を落としました。沈没する船を迎える海は夜の海であり、溺死者の海であり、冥府の海でもあります。この海は神話的にはヒルコの航海する夜の海、そして死の海と同義である、ということができます。

映画『タイタニック』

タイタニック号沈没事件の夜の海の場面が最も印象的に映像化されたのが一九九七年に公開され、大ヒットを記録した映画『タイタニック』です。『タイタニック』はタイタニック号沈没事故を基に、沈みゆく豪華客船に乗りあわせた上流階級の令嬢ローズと貧しい青年ジャックとの恋物語が描かれます。

映画は二十世紀終り近くの、現代の宝探し稼業の人々がタイタニックとともに沈んだとされるローズのブルーダイヤモンドのペンダント、碧洋のハートを探す場面から始まります。ペンダントは見つかりませんでしたが、ペンダントを身に付けたローズの絵がローズの船室のキャビネットで見つかり、それがテレビで放映されます。その番組を観ていた老いたローズはタイタニックの沈んだ海に向かいます。そして、どちらかというと欲にかられ、タイタニックを海の墓場の巨大な廃船、としか思っていない人々に、タイタニックが当時の科学技術の粋を集めた憧れの船であり、希望の船であり、新世界アメリカへの夢の船であったことを語ります。

しかし、若き美貌のローズにとってのタイタニックは、アメリカでの富豪の息子との否応ない結婚へ彼女を引き立てる船でもありました。そのローズは船で貧しくとも才能豊かな画家のジャックと出会い、籠の中の鳥、あるいは捕らわれの蝶のような自分の行く末に疑問を抱き、ジャックとともに生きることを望むようになります。感受性が鋭く、聡明で芸術を深く愛するローズは、明るく奔放な一面を持っています。そのローズと同じ魂をジャックも持っていたのです。

沈没したタイタニックを脱出したローズはジャックを冷たい海で失います。沈没の時、ローズはあらゆる人々を見ました。自分を犠牲にして他者を助けようとする人、生きるためには手段を選ばないエゴイズムむき出しの人、最後まで神の言葉を語り神の救済を信じる人々を導こうとつとめる牧師、船に楽士として乗り込み最後まで讃美歌を奏でてその職責を全うした人達、恐怖、諦念、狂気、悲哀、などあらゆる感情を持つ人々をローズは見ました。そしてローズは冷たい海の上、屍になりかけました。その時のローズの体験は、およそ人間が経験する極限のものだったはずです。

ローズはタイタニックの乗客達の数多くの屍の浮かぶ夜の海、死の海から救い上げられて再生を果たし、新たな人生を歩むことになります。亡きジャックとの約束通り、ローズは自分の人生を十全に生きます。彼女はジャックの名字のドーソンを名乗り、自分のタレント性を豊かに表現する女優になり、常に持ち歩く写真からわかるように巨大魚を釣り上げ、複葉機に乗り、馬にまたがります。そして結婚して家庭を持ち、子や孫に恵まれます。

やがて彼女は夫を失い、老齢のため足元がやや覚束なくなったとはいえ自分の世話をする孫娘と共に暮らし、陶芸を楽しみ、犬や金魚などのペットを飼い、ペディキュアを施せるような洒落た装いができる生活をしています。人生のあらゆる果実を手にしたローズにとって、タイタニックが沈んだ海、そして屍の浮かぶ冷たい夜の海、そして時の止まった永劫の海はまさに再生の海と言えるでしょう。

老いたローズはタイタニックでのジャックとのことは夫にも告げたことが無い、と語ります。そして、「女は海のように秘密を持っている」と言います。そのローズの思いは次の伊良部喜代子氏の歌に通じるものがあります。[3]

陽の射さぬ深海われの内にありゆらりゆらゆら交差点わたる

詩人の三好達治の『測量船』の「郷愁」の一節には「海よ、僕らの使ふ文字では、お前の中に母がゐる。そして母よ、仏蘭西人《ふらんす》の言葉では、あなたの中に海がある」とあります。[37] 漢字の海の構成要素と、フランス語で海は「la mer」、母は「la mère」であることからの詩人の発想です。また、「母なる海」という言葉もあり、生命が誕生した海への、まさに郷愁が表現されています。海は生も死もあらゆるものを包含し、美しいと同時に恐ろしい世界であり、その海と女性的なるもののイメージの結び付きは現代も生きています。

ローズにとってタイタニックの最期の時の体験は過去の現実でありながら現実離れした苛酷なものだったはずです。そのような心的外傷体験をジャックの思い出とともに自分の内の深海に沈め、その存在を常に自覚しながらも語らない、語らないことによって自己を防衛する、という要素もあったと考えられます。しかし、老いたローズはタイタニックであったことを語り、自らのすべてを秘密から解き放ちます。

映画の終盤、ローズは巧まずして持ち続けていた碧洋のハートのペンダントをタイタニックの眠る冷たい海に落とします。婚約のプレゼントとして贈られた高価なブルーダイヤモンドのハート、まさに王族の宝石によっても若きローズのハートは婚約者に開かれることはありませんでした。しかし、碧洋のハートはローズの長い生涯の傍らに常にあり続けたのです。海よりもなお碧い魂の形をした宝石はローズの秘密の象徴であり、タイタニックの追憶を宿していました。ローズの命を見守り続けた真の宝は深海に沈み、タイタニックの海は宝を宿す沈黙の海になったのです。

タイタニックの沈んだ海の上の船での夜、ローズは在りし日のタイタニックの豪華なホールで、タイタニックと運命を共にした大勢の人々に祝福され、ジャックと出会った時の姿でジャックと結婚する夢を見ます。この夢は監督の意図は措《お》いて、ローズが人生という名の長い航海を終え、遠からずタイタニックの死者達の一員になることを暗示しています。

結婚の儀礼は娘の生家における死、そして婚家の嫁としての再生を象徴する通過儀礼でもあります。結婚式の象徴的な意味を、先学はそのように繰り返し説明しています。結婚式をあげ、花嫁は生家とは別の氏族に参入します。ローズもまた生に別れを告げ、自らに新たな命を与えた夜の海、タイタニックの死者達の眠る時間の止まった永劫の海に、若く美貌の姿で還っていくことをこの場面は示しているのではないでしょうか。

永劫の海

日本神話のヒルコは古代、始原の神話世界から夜の海、死の海へ放逐されました。時間の海の彼方、ヒルコは海の彼方で龍神に庇護され、エビスとなって生まれ変わり現世に再臨し、絶大な信仰を集めることになりました。ヒルコにとって夜の海、死の海は再生の海であり、映画『タイタニック』のローズの再生の海と象徴的には同じです。

『銀河鉄道の夜』は銀河や川、そして海をめぐる神秘的で神話的なヴィジョンに溢れています。それは宮沢賢治という類稀な感性とシャーマン性を持つ文学者の作だからです。賢治に衝撃を与えたタイタニック号沈没事件は夜の海、死の海を現実のものとしました。賢治は実際の夜の海、死の海の情景をそのシャーマン的な能力で幻視し、作品に生かしたのかもしれません。

ヒルコの海、夜の海、死の海は時間の止まった永劫の海でもあります。永劫の海は世界の神話の中に存在し、その話素は我々の無意識の深い層に根ざしている、と考えます。映画『タイタニック』の無数の屍の浮かぶ夜の海の映像に我々が戦慄するなら、我々もまた自らの内奥に夜の海、死の海のヴィジョンを抱いているのだと思います。

永劫の海は再生の海であり、我々の内なる深海でもあることを指摘し、本著を閉じます。

おわりに

本著は次の論文に大幅に加筆修正をしたものです。

「夜の海、永劫の海」『学習院大学上代文学研究　第三五号』学習院大学上代文学研究同人編集発行、二〇〇九年。

夜の海の神話的なイメージは日本神話や民俗に見ることができます。また、宮沢賢治の展開する文学世界や映画にも見ることができます。

神話の分析をするのに筆者が歌や詩を用いる理由は、うたが生まれてくる場所が神話の生み出される原点と同じところだからではないか、と考えているからです。[38] また、神話の分析に映画を引き合いに出すのはおかしい、と思われるかもしれません。しかし、優れた映画や人の心を捉えて離さない映画の細部には神話的な要素が巧みに生かされている場合が多いです。

兄弟の葛藤を描き、今なお名作の誉れ高い『エデンの東』は『旧約聖書』を下敷きにしています。同性の兄弟同士の葛藤は現実の兄弟関係の中に無数に存在しているのと同時に、神話の重要なテーマでもあります。

『旧約聖書』ではカインとアベルの兄弟が神へ供物を捧げます。するとアベルの供物には神が目に留め、カインの供物を神はかえり見ませんでした。アベルに嫉妬したカインはアベルを殺害し、カインはエデンの東に追放され、大地を耕しても収穫することのできない者となりました。その神話世界の兄弟のあり方が作品に投影されています。

心理学では親の愛をめぐる兄弟間の葛藤が心理学的問題に発展することが知られています。そのような感情が同世代の他人に投影され、必要以上の憎悪の感情が起こることがあり、それをカインコンプレックスと呼びます。

また、作家の有島武郎は大正六年、短編小説『カインの末裔』を発表しました。『カインの末裔』は獰猛《どうもう》な、本能だけで生きる農夫の仁右衛門の物語で、兄弟の葛藤が題材ではありません。また、この小説や聖書の神話にインスピレーションを得た日本映画『カインの末裔』が二〇〇七年に制作されました。これらは暴力的で獰猛で無考えな神話的男性像が芸術家のイマジネーションを掻き立ててやまないことを示しています。

カインとアベルの物語は聖書の神話であると同時に、年代を越えて人々の心を動かし続ける神話的イメージの源泉です。それこそが神話の持つ力である、と筆者は考えます。

映画の神話学的な分析を、筆者は今後も続けていこうと思っています。また、海の他の神話的な側面、例えば豊饒の海のイメージなども大変興味深く思います。その分析も筆者の今後の課題としたいと思います。

この本を出版するにあたり、ご自分の模型の写真を提供して下さった石井龍太氏と写真の掲載を許可して下さった横浜市立歴史博物館、そして店の宝船の写真撮影と本著での使用を快諾して下さったタカラ鮮魚の吉野繁徳氏に感謝を申し上げます。

そして新典社のスタッフの皆様に深く感謝いたします。

九月十九日

福　寛　美

注

1 『月下の一群』（堀口大学、講談社文芸文庫）を参考にしています。
2 『海潮音』（上田敏、新潮文庫）を参考にしています。
3 『海神祭』（伊良部喜代子、ながらみ書房）を参考にしています。
4 『東アジア中世海道』（国立歴史民俗博物館）を参考にしています。
5 神話の記述は、『古事記』（倉野憲司校注、岩波文庫）と『日本書紀（一〜五）』（坂本太郎他校注、岩波文庫）と『日本の神話伝説』（吉田敦彦・古川のり子、青土社）を参考にしています。以下も同様です。なお『古事記』や『日本書紀』を簡単に表現する際、記や紀ということがあります。本著でも適宜、使用します。
6 『万葉集』の本文と訳は『萬葉集　釋注一〜十』（伊藤博、集英社文庫）を参考にしています。以下も同様です。また伊藤氏の歌の解釈も適宜、参考にしています。
7 『混効験集』（外間守善校注、角川書店）を参考にしています。
8 『沖縄古語大辞典』（沖縄古語大辞典編纂委員会、角川書店）を参考にしています。
9 『日本語に探る古代信仰』（土橋寛、中公新書）を参考にしています。
10 『俗信のコスモロジー』（吉成直樹、白水社）を参考にしています。

11 「袋＝胞衣を被った子どもたち」（古川のり子、『死生学年報二〇〇九』東洋英和女学院大学死生学研究所編）を参考にしています。

12 「太陽神アマテラスの誕生」（越野真理子、『太陽神の研究【上巻】』松村一男・渡辺和子編、リトン）を参考にしています。

13 「太陽神の祭り」（古川のり子、『太陽神の研究【上巻】』松村一男・渡辺和子編、リトン）を参考にしています。

14 『風土記』（秋本吉郎校注、岩波書店）を参考にしています。

15 『日本文化の形成』（宮本常一、そしえて）を参考にしています。

16 『幸若舞1』（荒木繁・池田廣司・山本吉左右編注、平凡社）を参考にしています。

17 「エビス信仰と異人論」（北見俊夫）『日本民俗学の展開』（北見俊夫編、雄山閣出版）を参考にしています。

18 「漁民の社会と信仰」（三尾裕子）『海と列島文化十　海から見た日本文化』（小学館）を参考にしています。

19 『「黄泉国」の考古学』（辰巳和弘、講談社現代新書）を参考にしています。

20 『生と死の北欧神話』（水野知昭、松柏社）を参考にしています。

21 『月と不死』（ネフスキー・ニコライ、岡正雄編、平凡社東洋文庫）を参考にしています。
22 「兎はなぜ月で餅をつくか」（酒井卯作『南島研究　第四六号』南島研究会編）を参考にしています。
23 『宮沢賢治の童話論』（松田司郎、国土社）を参考にしています。
24 『銀河鉄道の夜』（宮沢賢治、中村文昭解説、集英社文庫）を参考にしています。
25 『新宮沢賢治語彙辞典』（原子朗、東京書籍）を参考にしています。
26 『縄文の末裔・宮沢賢治』（田口昭典、無明舎出版）を参考にしています。
27 『新修宮沢賢治全集　第十巻』（筑摩書房）を参考にしています。
28 『童話の宮沢賢治』（中村文昭、洋々社）を参考にしています。
29 『宮沢賢治　妹トシの拓いた道』（山根知子、朝文社）を参考にしています。
30 『宗教と科学の接点』（河合隼雄、岩波書店）を参考にしています。
31 『憑霊の人間学』（佐々木宏幹／鎌田東二、青弓社）と『宮沢賢治「銀河鉄道の夜」精読』（鎌田東二、岩波書店）を参考にしています。
32 『宮沢賢治　その理想世界への道程　改訂版』（上田哲、明治書院）を参考にしています。
33 『頼朝の天下草創』（山本幸司、講談社学術文庫）を参考にしています。

福 寛美（ふく ひろみ）
1984年　学習院大学文学部国文学科卒業
1990年　学習院大学大学院博士後期課程単位取得退学
専攻／学位：琉球文学・神話学／文学博士
現職：法政大学兼任講師・法政大学沖縄文化研究所国内研究員
主著：
『琉球王国と倭寇―おもろの語る歴史』（吉成直樹と共著, 2006年, 森話社）
『琉球王国誕生―奄美諸島史から』（吉成直樹と共著, 2007年, 森話社）
『喜界島・鬼の海域―キカイガシマ考』（2008年, 新典社）
『琉球の恋歌　「恩納なべ」と「よしや思鶴」』（2010年, 新典社）
『うたの神話学』（2010年, 森話社）

新典社新書 56
夜の海、永劫の海

2011 年 10 月 5 日　初版発行

著者 ―― 福寛美
発行者 ―― 岡元学実
発行所 ―― 株式会社 新典社
〒101-0051　東京都千代田区神田神保町1-44-11
編集部：03-3233-8052　営業部：03-3233-8051
ＦＡＸ：03-3233-8053　振　替：00170-0-26932
http://www.shintensha.co.jp/　E-Mail:info@shintensha.co.jp

印刷所 ―― 恵友印刷 株式会社
製本所 ―― 有限会社 松村製本所

ISBN 978-4-7879-6156-3　C0295

34 『ギリシア神話』（松村一男監修、西東社）を参考にしています。
35 『宝石の写真図鑑』（ホール／テイラー、日本ヴォーグ社）を参考にしています。
36 『オシァン』（中村徳三郎訳、岩波文庫）を参考にしています。
37 『測量船　艸千里』（三好達治、ほるぷ出版）を参考にしています。
38 『うたの神話学』（福寛美、森話社）で詳しく述べています。